喵先生的七十二变

江俊博 著

四川大学出版社

项目策划：段悟吾　宋科颖
责任编辑：黄蕴婷
责任校对：宋科颖
封面设计：黄佳影
责任印制：王　炜

图书在版编目（CIP）数据

喵先生的七十二变 / 江俊博著． — 成都 : 四川大学出版社，2019.7
ISBN 978-7-5690-2975-8

Ⅰ．①喵… Ⅱ．①江… Ⅲ．①故事－作品集－中国－当代 Ⅳ．① I247.81

中国版本图书馆CIP数据核字（2019）第165786号

书　名	喵先生的七十二变
	MIAO XIANSHENG DE QISHI'ER BIAN
著　者	江俊博
出　版	四川大学出版社
地　址	成都市一环路南一段24号（610065）
发　行	四川大学出版社
书　号	ISBN 978-7-5690-2975-8
印前制作	四川悟阅文化传播有限公司
印　刷	成都市兴雅致印务有限责任公司
成品尺寸	170mm×175mm
印　张	19
字　数	131千字
版　次	2019年9月第1版
印　次	2019年9月第1次印刷
定　价	59.80元

四川大学出版社
微信公众号

◆ 读者邮购本书，请与本社发行科联系。
电话：(028)85408408/(028)85401670/(028)86408023　邮政编码：610065
◆ 本社图书如有印装质量问题，
请寄回出版社调换。
◆ 网址：http://press.scu.edu.cn

版权所有 ◆ 侵权必究

目　录
CONTENTS

贪睡猫　第一只猫　/　001

跟屁虫猫　第二只猫　/　005

胆小鬼猫　第三只猫　/　009

怪癖猫　第四只猫　/　013

国宝猫　第五只猫　/　017

流浪猫　第六只猫　/　021

叛逆猫　第七只猫　/　025

黏人猫　第八只猫　/　029

拍马屁猫　第九只猫　/　031

小馋猫　第十只猫　/　035

不争宠的猫　第十一只猫　/　039

机器猫　第十二只猫　/　043

储蓄罐猫　第十三只猫　/　049

大学里的猫　第十四只猫　/　053

不会游泳的猫　第十五只猫　/　057

会下棋的猫　第十六只猫　/　061

上课打瞌睡的猫　第十七只猫　/　069

小黑猫	第十八只猫	/	075
离家出走的猫	第十九只猫	/	079
落入虎口的猫	第二十只猫	/	083
画家的模特猫	第二十一只猫	/	087
转圈圈的猫	第二十二只猫	/	091
没用的猫	第二十三只猫	/	097
不再捉老鼠的猫	第二十四只猫	/	101
生病的猫	第二十五只猫	/	111
主人给照明的猫	第二十六只猫	/	115
哭耗子的猫	第二十七只猫	/	119
穿鞋子的猫	第二十八只猫	/	123
吞针猫	第二十九只猫	/	127
电视节目里的猫	第三十只猫	/	131
接受陌生人召唤的猫	第三十一只猫	/	135
挡车猫	第三十二只猫	/	139
患了宠物病的猫	第三十三只猫	/	145
国王猫	第三十四只猫	/	149
让人汗颜的猫	第三十五只猫	/	153
被绳子钓来的猫	第三十六只猫	/	157
爱吃零食的猫	第三十七只猫	/	161

冒失鬼猫 第三十八只猫 / 167

天下第一大雅猫 第三十九只猫 / 171

土豪猫 第四十只猫 / 175

有塑像的猫 第四十一只猫 / 183

受不了夸奖的猫 第四十二只猫 / 187

把主人准时吵醒的猫 第四十三只猫 / 191

化解了一场战争的猫 第四十四只猫 / 195

影子猫 第四十五只猫 / 199

玩游戏的猫 第四十六只猫 / 203

放过老鼠的猫 第四十七只猫 / 205

爱闲谈的猫 第四十八只猫 / 209

唯一体贴小主人的猫 第四十九只猫 / 211

善解人意的猫 第五十只猫 / 215

吃老虎的猫 第五十一只猫 / 219

被狗指挥的猫 第五十二只猫 / 225

| 胸无大志的猫 第五十三只猫 / 229
| 甩尾巴的猫 第五十四只猫 / 233
| 拒绝鱼竿的猫 第五十五只猫 / 237
| 梦游猫 第五十六只猫 / 241
| 捡到一只死耗子的猫 第五十七只猫 / 245
| 不肯转发谣言的猫 第五十八只猫 / 249
| 评理猫 第五十九只猫 / 253
| 打黄鼠狼的猫 第六十只猫 / 257
| 有情怀却不捉老鼠的猫 第六十一只猫 / 261
| 不让扯尾巴的猫 第六十二只猫 / 265
| 怨天尤人的猫 第六十三只猫 / 269
| 老虎装扮的猫 第六十四只猫 / 273
| 招财猫 第六十五只猫 / 277
| 唯一清醒的猫 第六十六只猫 / 279
| 呼唤春天的猫 第六十七只猫 / 281
| 痛苦的名贵猫 第六十八只猫 / 283
| 无聊猫 第六十九只猫 / 287
| 未断奶的小猫 第七十只猫 / 289
| 黏狗猫 第七十一只猫 / 293
| 把狗赶走的猫 第七十二只猫 / 297

第一只猫

CAT

贪睡猫

大家都说他贪睡,

失去他,大家才知道,他只是白天睡觉,夜晚捉鼠。

有一只猫，大家都说他贪睡。

公鸡说："今天早上，我打最后一次鸣时，他都没起床！"说完，他用爪子刨了刨地上的土，抓到一只虫子，自豪地说："偷懒没好处，像我这样勤奋的人才有虫子吃！"

山羊说："主人喊我外出爬山时，懒猫还在屋里呼呼大睡！"话音刚落，她的胃开始反刍。山羊把上午没有消化完的树叶和青草又嚼了一遍，然后得意地说："哈哈，我在胃里储备了特别多粮草，够我吃好几顿，那只猫只有羡慕的份咯！"

黄牛打了一个响鼻，然后大口大口吃着石槽里的饲料，说："要不是我帮助主人耕地，主人怎么可能对我这么好！我很怀疑，贪睡的猫咪会不会挨鞭子?"

这个时候,小主人顶着大太阳从外面回来了,他从池塘里抓了一袋子小鱼,说要喂给猫。

"一个贪睡的人竟然还有人关照,真可恶!"公鸡有些生气。

"一个不劳动的人竟然还有饭吃,太不公平了!"山羊一脸愤怒。

"一个没挨过鞭子的人,竟然还能受到优待,真是没天理呀!"黄牛两眼冒火星。

三个人越说越激动。趁主人上厕所的时候,公鸡跑到屋里,看准了正在毛毯上睡觉的猫,狠狠地啄了一下他的耳朵。不等猫站稳,山羊冲过来要用角顶撞他的脑袋。幸亏猫身体灵活,"嗖"地一下蹿到了门外。黄牛在门外恶狠狠地瞪着他，铆足了劲，准备踢他一脚。

　　猫吓坏了，赶忙蹿到树上，又爬到房顶，最后离开了这里。

　　第二天,母鸡惊慌失措地说:"我下的蛋怎么不见了？"公鸡一会儿飞上树，一会儿跳到房顶，急得满头大汗。

　　山羊妈妈一个劲儿地哄着小羊，可是小羊依旧咩咩地叫着不吃奶。原来小羊昨晚受到了惊吓，有一只毛茸茸的小怪物在羊圈里乱窜。

　　黄牛正津津有味地吃着饲料，嗓子眼儿里突然冒出一股怪味。他赶忙吐出来，定睛一看，发现有几颗黑黑的东西，他知道，那是老鼠屎。

　　猫没有回来，他重新找了一个家，依旧白天睡大觉，夜晚捉老鼠。

第二只猫

CAT

跟屁虫猫

你嫌跟屁虫碍手碍脚,
跟屁虫对你不离不弃。

有的小孩喜欢跟在别人身后，有的猫也喜欢跟在别人身后。

这只猫被主人称为跟屁虫，主人走到哪儿，她就跟到哪儿。

主人一回头发现猫跟在后面，吃惊地说："天哪，你怎么跟来了？快回去，万一走丢了呢？"

猫愣住了，等了几秒，掉了个头，做出往回走的样子。主人这才放心，继续赶路。

没等主人走远，猫又悄悄地跟在主人身后，用轻柔的脚步踩在主人的影子上。

主人加快了步伐，猫也加快步伐。主人突然停下来，猫来不及减速，差点就撞到主人的脚后跟上了。

主人一扭头，发现了猫："你怎么又跟来了？"

猫不说话，也不会说话。"呼噜噜，呼噜噜……"猫打起了呼噜，她很兴奋，她庆幸自己已经跟主人走了很长一段路。

"好吧，如果这会儿赶你回去，恐怕你真的要走丢了！"主人很无奈，突然加重了语气警告说："这差不多是第四十九次了，我希望是最后一次，如果你再跟着我走，当我的跟屁虫，我就把你扔到荒郊野外！"

猫听不懂主人的恐吓，以为是在表扬她。"呼噜噜，呼噜噜……"猫更加兴奋。

渐渐地，夜幕降临，主人的视线变得黯淡起来，有一段路一点灯光都没有。根据电视上的报道，这段路正在更换电线杆和路灯。

突然，主人身子一斜，掉进一个深坑里。这是为了更换电线杆而挖的坑，主人爬起来，拍了拍灰，用手摸来摸去，摸到坑壁。接着，他一直向上摸去，踮起了脚尖，甚至还跳了起来。

"看来很深！"他自言自语。

"喵喵！"猫在夜里视力很好，主人的处境，她看得一清二楚。猫还看到横躺着的电线杆旁边有一盘绳子，绳子的一头系在电线杆上。于是她跑过去，用嘴巴咬着绳子的另一头，把绳子拖到坑边，甩了进去。

主人摸到绳子，用脚蹬着坑壁，费尽力气，终于爬了上来。

主人没有继续往前走，而是抱着猫，往回走去。猫打着呼噜，在主人的怀里，不断发出呼噜噜的声音。

CAT

第三只猫

胆小鬼猫

总对人家做讨厌的事,
人家当然怕了,
但这不代表人家生性胆小。

没有一个孩子能抓住胆小鬼猫。她身材娇小,十分灵活,最关键的是,她一直很害怕人的接近。只要有一点脚步声,她就要摆动耳朵,进行监听。如果发现脚步声正在接近自己,她就会赶快转移。

"这只猫最胆小了!"

"我连她的尾巴都没有碰到过!"

"我真想抱一抱她,为什么她总是躲着我?"

孩子们叽叽喳喳,小猫躲在墙缝里静静地听着,希望他们能尽快离开这里。

"我最喜欢黄颜色的猫了!"

"我最喜欢白色的,像雪球一样才好看!"

"我喜欢灰狸猫,我觉得灰狸猫最像老虎!"

大家依旧叽叽喳喳的,丝毫没有离开的意思。

"唉,真拿他们没办法!"胆小鬼猫叹了口气,"主人什么时候出来把他们赶走呀!"说到主人,其实,她也从没让主人碰到过自己。不过,现在她觉得主人能派上用场。

没承想,孩子们居然在外边做起了游戏,胆小鬼猫不敢出去,只能继续等呀等。

"为什么别的猫不讨厌人类呢?为什么我生性胆小呢?"她有点恨自己。

时间一分一秒地过去了,孩子们却依然在外边玩得热火朝天。胆小鬼猫静静地蹲在原地,一动不动,像一块石头。

咦!一只毛茸茸的小家伙从一个墙洞里钻了出来,正准备沿着墙缝溜向另一个地方。

　　胆小鬼猫嗅到了那个小家伙身上散发出来的美味，再也按捺不住自己，突然扑了上去。

　　"吱吱吱"，没错，她捉到了一只老鼠！

　　"胆小的猫咪有肉吃！"小猫开心地在墙缝里享用着大餐。

　　主人家的孩子听到老鼠叫，赶忙向妈妈汇报："妈妈，咱们家的胆小鬼又抓到一只老鼠！"

　　"孩子呀，她不是胆小，她只是不想让你们揪她的尾巴。她那么勇敢地去抓老鼠，比我都胆大呢！不是吗？"妈妈说。

第四只猫

CAT
怪癖猫

眼见不一定为实，
因为你有看走眼的时候。

黑猫小虎和白猫小玉已经对着隔壁的花猫观察了两天多，他们被花猫的怪异行为所震惊。

"前天他吃过两次便便，他怎么会有这样的怪癖呢？"小虎说。

"昨天他吃了三次，难道他都不觉得恶心吗？"小玉做出一副呕吐的样子。

这天傍晚，他们在阳台上又看到花猫在花园的一角扒开沙土，从中找出一块便便吃了起来。

"噢呜！"小玉看得十分难受。"我们都把便便埋在沙土里，他却从沙土里翻出便便来吃！"

"唉，你别说了！"小虎似乎已经嗅到了难闻的气味，再也站不住了，一下子从阳台上跌落了下去。

从三楼摔下去，一般来说，人容易受伤，但是作为猫的小虎，反应敏捷，迅速调整了身体，稳稳当当地落在地上。他仗着脚垫厚，弹性好，没有受伤，真是有惊无险。

小玉见小虎落地,赶忙跳跃到楼旁边的树上,沿着树干爬了下去,凑到小虎身边安慰了一番。

"我没事,咱们还是去看看那只花猫吧!"小虎说。

小玉也正有此意,他们一块儿来到了花园旁,两个人都皱起了鼻子,想试探性地闻一闻,到底有没有臭味。

"你闻到了没有?"小玉问小虎。

"奇怪,为啥我闻到的是香味呢?"小虎莫名其妙。

"是花香吧!"小玉看了看头顶上绽放的月季花。

"不,我闻到了食物的香味,但又不确定这是什么食物。"小虎说。

"嗯,我也觉得有一股怪怪的香味。"小玉两只前脚一跃,对着月季花嗅了嗅。

"谁?"他俩的对话,惊动了正在享用"便便"的花猫。

"我们俩住在你的隔壁,我叫小虎,他叫小玉!"小虎连忙做介绍。

"快离开这里,这是我的地盘!"花猫警惕,且又不友好。

"好的,在离开你的地盘之前,我们想搞明白一件事情,我们猫都把便便埋在沙土里,为什么你总是扒开沙土找便便吃呢?"小虎鼓起勇气提问说。

"胡说,你们才吃便便呢!"花猫十分生气,"快滚开,在你们滚开之前,我也要告诉你们,我家的大狗有一个怪癖,总喜欢把主人喂给他的食物埋在这里。"

"那你岂不是在偷吃大狗的食物?"小虎在迈开前脚准备离开的时候,又说了一句不讨好的话。

"伙计,我说过我没有怪癖,是主人有怪癖。他每次都要喂我很多很多东西,都快把我撑死了。我不吃,他就训斥我。我只好含在嘴里,然后偷偷地埋掉!"远处,有一只大狗突然插话说。

小虎和小玉听到狗叫,吓出一身冷汗。他们赶忙蹿上树,爬回了三楼的阳台。

第五只猫
CAT 国宝猫

添油加醋狠狠地炒,
能把废物炒作成国宝,
能把谎言炒作成真理。

有人挖出了一幅古画，献给了国王。国王收到画后十分高兴，重赏了献画的人，然后开始根据这幅画，下令全国的人寻找画中的国宝——一只长相奇特的猫。全国的城市和农村都贴满了寻猫的布告。

它浑身布满豹子的斑点，脑门有一个大大的"王"字，看上去活像一只老虎。但是它脚下的老鼠证实了它的真实身份——猫。

古画的下方有一行小字："有猫有天下，无猫很糟糕。"就是这行小字，让国王决定倾全国之力寻找这只猫。

"看来只要有了这只猫就能拥有天下，没有这只猫我这国王就当不成了，这真是一只国宝猫呀！"他盯着猫额头上的"王"字深思了一会儿，又下了一道圣旨，谁第一个找到这只猫就重重有赏。

一天天过去了，没有任何关于国宝猫的消息。国王焦虑不安，茶饭不思，连上朝的时候，在龙椅上都坐不稳当。

"画中的东西，现实中未必有，世界上哪有这种猫？"有大臣直言相劝，国王根本不听，还削去了这位大臣的官职。

一年过去了，仍然没有国宝猫的消息，国王很着急，决定亲自去寻找。

他和所有的将士们一起，走东家，串西家。屋前门后，仓库里，厕所里，甚至烟囱里，他们都要去看一遍。

他们几乎要搜遍整个国家了，离都城越来越远。有一天，突然从都城传来了坏消息，有人叛变，当了新国王，还说自己已经得到了国宝猫。

国王一听，失声痛哭起来。身边的大臣都劝他赶快带兵打回去，夺回王位。

可是国王说:"唉,有猫有天下,无猫很糟糕。我没有国宝猫,而他有,我肯定得不到天下啊!"

大臣们听了,一个个目瞪口呆,却也不敢说什么。

后来,新国王经常让大臣们欣赏那幅从王宫里抢来的画,并且一定会念叨这句话:"有猫有天下,无猫很糟糕。"继而哈哈大笑说:"就是这幅宝画,帮我夺得了整个天下!"

不过,他却从来没有向人展示过传说中的国宝猫。世上根本就没有那种猫。他只不过是利用那幅画,散布了一个谣言。

第六只猫

CAT
流浪猫

如果有下辈子，

我愿做一只流浪猫，

因为做流浪狗风险太大。

在许多公园和小区里，生活着数不清的流浪猫。每天都有好心的爷爷奶奶或叔叔阿姨为他们提供住所和食物，他们过着自由自在、无忧无虑的幸福生活。

小狗奇奇十分羡慕那些流浪猫，决定向他们学习。有一天，他悄悄地走出了家门，即使主人喊他的名字，他也假装没听见。

"公园里有温暖的大箱子可以居住！"一只流浪猫告诉奇奇。

他趁工作人员不注意，偷偷地溜进了公园。在一片草丛里，他找到了流浪猫所说的大箱子。

真是太不凑巧了，所有的箱子都是为猫设计的，箱子的洞口仅仅适合猫钻入。奇奇虽然是一条体形小巧的狗，但比最大的猫，仍然要大两圈。

奇奇在草丛里蹲下来，准备将就住一晚上。他不能轻易离开这里，毕竟，晚上会有人来这里送饭。

月亮刚挂上树梢,果然有一位老太太送食物来了。她提着小桶,拿着小勺,走到一个盘子前,舀了一勺又一勺,然后又走向另一个盘子。

"饭来了,饭来了!"老太太喊着,流浪猫们也互相呼叫着:"吃饭啰,吃饭啰!"

老太太闪到一边,许多流浪猫都凑到盘子前,大吃起来。

奇奇在一旁看了又看,嗅了又嗅,叹了口气:"这么怪的味道,他们怎么能吃得下去?"

流浪猫们吃饱了,有的开始在公园里漫步,有的抚弄花草,有的爬上树赏月,有的在湖边捉飞虫玩,一个个显得悠闲而又快乐。

"怎么不和我们一起玩啊?"一只流浪猫向奇奇打招呼。

可是奇奇还没吃饱,他没有心思玩。奇奇摇了摇脑袋,走出了公园。

就在这时,突然有一辆警车开了过来,他隐隐约约听到有人在喊:"快抓住那只疯狗!"

奇奇吓坏了,一定是自己毛发不整,被人当成疯狗了。他赶忙钻入一片空旷的拆迁地,那里尽是废墟,杂草丛生。

奇奇钻进砖头堆里,等到警车驶远后,才爬了出来,然后开始漫无目的地游逛,希望能尽快找到食物。

"只要有一块骨头我就知足了!"奇奇这样想着,果然就有一块骨头从一个面包车里扔了出来。

奇奇喜出望外,赶忙跑过去,刚把骨头衔在嘴里,就被一个冰凉的东西夹住了腰,然后他身体悬空,被带进那辆面包车。后来,他出现在一家饭店。

又过了很多很多年,一只新的流浪猫出现在了公园里。他是个非常特殊的流浪猫,据说他每天许愿,感动了上天,终于在当了几辈子小狗之后,褪去了狗的躯壳,变成了一只猫,一只可以在各大公园以及各个小区流浪的猫。他现在过得很幸福!

第七只猫

CAT

叛逆猫

针对叛逆有妙招,

学中有玩,

玩中有学。

猫妈妈教猫儿子学习抓老鼠，猫儿子总是三心二意，又特别叛逆。越让他学习，他就越贪玩。

"乖宝贝，捉到老鼠能吃掉，老鼠味道特别可口，今天跟妈妈学习捉老鼠吧！"猫妈妈知道猫儿子很馋，想用食物来诱惑他。哪知猫儿子耍赖说："我不想学，我不想学！你给我抓来，你给我抓来！"

猫妈妈又想，既然猫儿子不喜欢学习，那说话的时候把"学习"两字抹去，看效果如何。

"我们捉到老鼠还可以随便玩！"

猫儿子听了，眼珠子瞪得溜圆，看上去是来了劲儿。他抬头问道："真的吗？"

"真的,抓到老鼠可以随便玩!"

"你得保证!"猫儿子扑在妈妈的怀里撒娇,"你得保证我玩的时候不许骂我!"

"好的,好的,我保证!"猫妈妈一口答应下来。

这一招真灵验。每一次捕鼠练习,猫儿子都很卖力。毕竟,妈妈说了,这是玩,不是学习。每当玩到不愿意动弹的时候,猫儿子才会考虑吃掉老鼠。

他很快就掌握了捉老鼠的技巧。

一天傍晚,他守在洞口,独立捉到了第一只老鼠。他赶忙把老鼠带到猫妈妈面前炫耀、玩耍,猫妈妈很满意。

渐渐地,猫儿子长大了,他也没有以前那么贪玩了,但却依旧很叛逆。

有一天，他突然问妈妈："为什么抓到老鼠后要玩一阵子，而不直接吃掉呢？"

猫妈妈本想把当初苦心教他学习的事情告诉他，又担心他知道真相后，顽固叛逆不听话，故意和妈妈对着干。于是，她撒了一个谎："因为在玩老鼠的时候，老鼠会吓得又酥又麻，咱们吃起来才有滋有味！"

第八只猫

CAT
黏人猫

赠人玫瑰，手有余香。
温暖他人，亦能温暖自己。

许多猫只黏自己的主人，可是有一只猫，却无论谁都敢黏着。

一个小男孩过来了，黏人猫跑上前，在他的脚底下蹿来蹿去，还用爪子勾他的鞋带。

小男孩吓坏了，以为猫要抓他，赶忙跑了。

一个小女孩过来了，黏人猫跑过去，在她的裤腿上蹭来蹭去。

一个垂头丧气的大人过来了，他看到猫咪热情地亲吻自己的鞋子，突然振作起来，抱起黏人猫："天哪，全世界都抛弃我，你却这么看得起我！"

后来，这个人的事业越做越大，还在许多公园建立了猫舍。

有人说，他主要是为了报答那只很黏人但却没人收留的猫。毕竟，他受到那只猫的启发，成了一名受人尊敬、令人羡慕的大商人。

第九只猫
CAT
拍马屁猫

马屁拍得再响,
也改变不了被玩弄的命运,
但有真本事就不一样了。

小主人郝冲冲最喜欢养小动物了，他怂恿爸爸买了许多小动物。

几乎每一只动物到他家，都会被奢华的场面所震撼。客厅里的家具被擦得闪闪发光，厨房里塞满了各种美食，卧室的床是花好几十万在拍卖会上竞拍来的。他们都暗自下定决心，要在这里安安稳稳地过上一辈子，决不能被主人抛弃。他们在来之前已经听说了，有一只猫曾被赶出家门。

"嘟嘟嘟，你一定是世界上最聪明的孩子！"蛐蛐一边在笼子里又蹦又跳地跟小主人伸进来的小铁棍玩耍，一边夸奖对方。

小主人玩累了，又去逗八哥，八哥扑腾扑腾地扇着翅膀说："小主人真帅，小主人真帅！"

"咕噜咕噜咕噜，你的脸蛋真美，比大海里的珍珠还美！"一条金鱼浮上水面，吐起泡泡对着正在盯着鱼缸的小主人说。

小主人看了一会儿，嘴里嘟囔着说："真无聊，真无聊！"然后就回到自己的房间睡大觉了。

这个时候，一只猫突然出现在阳台上，只见他两只爪子合在一起，高兴地说："小主人可真是个大好人啊！"

"嗨，用不着你在这里拍马屁了，我听说，你已经被赶出家门了！"小金鱼从鱼缸里一跃而起。

"对，你已经不属于这个家了！"蛐蛐也在笼子里声嘶力竭地响应着。

"快走开，快走开，不要在这里拍马屁，一会儿小主人来了肯定会把你赶走！"八哥生平最怕猫，现在他试图用小主人来吓唬猫。

只见猫咯咯咯地笑了起来，笑得整个身子都弯成了一把弓，"我可没拍马屁，你们的小主人根本就不会养宠物，他总是把宠物给养得半死不活，最后不得不扔掉!"

"什么?"大家都愣住了。

"没错,其实我是来等着小主人给我扔食物!"

大家听到这里,吓得魂飞魄散,一个个都要哭出眼泪了。

"别信他,他是被主人赶走的!"金鱼说。

"对,不能相信猫!"蛐蛐和八哥也这么说。

正当大家讨论的时候,小主人的妈妈从外面回到了家,她看到金鱼、蛐蛐和八哥,连连叹了几口气。

"趁着冲冲不在家,我得赶紧把这些小动物送回宠物店!"女主人一边说,一边开始收拾鱼缸和笼子。

"要不然,都得被冲冲给折腾死!"原来,猫的话是真的。

第十只猫

CAT
小馋猫

嘴馋不一定是缺点，
一眼看出食物的质地，
或许还能救人呢！

只要一看到主人嘴动,小馋猫咪咕咕就会紧紧地跟着主人喵喵叫。

"咪咕咕,我只是在说话,又没吃东西!"主人把捂着嘴的手拿开,小馋猫发现主人的确什么都没吃,于是,失望地蹲在地上,不再叫了。

主人是一个年老的婆婆。她住在一间破败的小房子里,平时自己的饭菜都不做。她的儿子是一个年轻人,由于创业失败,欠了一屁股债,偶尔会回来看望她。

这天晚上,她的儿子终于回来了,他给妈妈买了不少吃的。咪咕咕嗅到了香气,不停地喵喵叫。

婆婆拿出一块饼干,放在地上,说:"快吃吧,咪咕咕!"

儿子见了,很不高兴。"咱们自己都快没吃的了,怎么还喂他呢!"

"看到他,我就觉得有希望呀!"婆婆说。

"就一只小破猫而已,会有什么希望?"儿子闷闷不乐。

小馋猫听到这里,突然说话了:"喂,不要以为我什么都不会,把我喂饱了,我就能让你变得成功富有!"

婆婆和儿子第一次听到猫说人话,都吃了一惊,赶忙拿来所有的好吃的喂给小馋猫。

小馋猫吃饱了,竟然变得和老虎一样大。小馋猫让年轻人骑在自己背上,和老婆婆挥手告别,背着年轻人来到了一座大城市。

他们刚到城市的边缘,就被一群人围住,小馋猫说:"年轻人,赶快拉住那个吃羊肉串的孩子!告诉他,那是中了毒的老鼠肉!"

年轻人照做了,那个孩子的父母看到了,以为他要伤害孩子,立即把年轻人推向一边。

"快停下来，不要吃了，有毒！"年轻人被推倒在地，依然执着地指着孩子手中的羊肉串说。

孩子的父母地位高，十分有钱。起初他们并不相信年轻人的话，毕竟他们是从高档饭店里买的羊肉串。但他们还是决定把羊肉串送去检测一下。

这一检测，羊肉串果然有毒。幸亏孩子还没有咬上一口就被年轻人制止了，孩子安然无恙。

这对父母非常惭愧，他们到处打听年轻人的去向，给了他一笔钱作为报答。

年轻人靠这笔钱重新创业，终于获得了成功，不仅还清了债务，还成了远近闻名的富商，小馋猫和老婆婆再也不会忍饥挨饿了。

第十一只猫

CAT

不争宠的猫

身为宠物,
看谁都像是来争宠的,
但猫咪绝不是。

猫被人请来捉老鼠。他刚一到屋，就发现一只大白狗恶狠狠地盯着自己。

主人出门买菜，留下大白狗和猫。

猫走了几步路，发现大白狗的视线一直在自己身上，很不自在。只听大白狗张口说："你是来与我争宠的吧？"

猫停下来，摇了摇头："不，我是来捉老鼠的！"

大白狗说："不用撒谎了，我都看到主人对你多么热情了！"

猫反驳说："难道你没看到，他刚把我放下，我就立即舔干净身上的毛发？那种热情你会喜欢？"

大白狗的眼睛都要突出来了："你是在炫耀吗？"

猫立即回答说："在没捉到老鼠之前，我没有什么可炫耀的！"

大白狗听了更加生气："你是想通过捉老鼠证明自己很有用，以便和我争宠！没错，主人有很多好吃的好喝的，主人布置的窝也很暖和，是个动物都想和我争宠！"

猫继续摇头："不，我只是来捉老鼠的，没有任何其他想法。"

大白狗冷冷地说："这会儿主人不在家，你没有人可以倚仗，所以你不敢说出自己的真实想法！"

猫退了几步："我从来就不倚仗别人！"

大白狗见猫退步，就连追几步，要把猫逼到角落里，给他点颜色瞧瞧。

哪知猫退了几步后，突然向旁边一跃，逃到了另一间屋子。

大白狗紧追不放，尾随而来。猫三跳两跳，跳到了大衣柜上。

大白狗在衣柜前左转右转，抬头看到了猫的影子，大骂道："胆小鬼，快下来！胆小鬼，下来和我比一比啊！"

猫没有答话，静静地在大衣柜上睡起觉来。

大白狗试着跳了两次，爪子只能够到衣柜的一半高。这个时候，他的肚子也开始咕咕响了。于是，他思忖再三，决定先填饱肚子，一会儿再来和猫算账。

大白狗刚吃了几口，就听见开锁的声音。主人回来了。

"今天终于淘到好宝贝了，十万块买回一只会说九国语言的八哥！"主人提着一只笼子得意地说。

"你是来争宠的吗？"大白狗问八哥。

八哥瞥了大白狗一眼："他把我关在笼子里，你觉得我是在受罪还是受宠呢？"

第十二只猫

CAT
机器猫

有只老鼠真胆大,
竟敢在猫肚子里过冬。
其他老鼠知道真相后,
眼泪落下来。

有人根据猫的外形发明制作了一台机器，它的外形高大扁平，看上去像一台超薄电视机。然而，它的顶端却有一个猫脑袋，有人就给它取了个名字叫"机器猫"。

机器猫的四只脚没有柔软的肉垫，取而代之的是四只滚轮。主人按动遥控器，就能让它随意移动。

它刚被主人买回家，老鼠们就吓坏了，防备机器猫的消息很快传开了。大家一致认为，机器猫比老鼠夹子和老鼠药的杀伤力更强。

"一定要小心那个高大扁平的家伙！"

"别被机器猫给碰到了！"

几天过去了，也许是老鼠们的防范工作做得好，也许是这只机器猫太过笨重，能力差，并没有抓住任何老鼠。

"我敢打赌，这只猫肯定是个光负责卖萌，不负责抓老鼠的宠物猫！"一只灰老鼠说。

"赌一条命吗？可不要瞎赌！"黑老鼠说。

尽管有老鼠怀疑机器猫的能力，但是机器猫工作起来很认真。它曾在一个洞口守了三天三夜，直到一天晚上，小主人拿着遥控器，把它派到别的房间。

悲惨的一幕终于出现了。有一天，大家眼睁睁地看着一只白老鼠被机器猫吃掉了。而且机器猫吃掉这只白老鼠的方式非常奇特，它并没有用嘴巴咬，也没有用滚轮碾压，而是用它那有许多缝隙的笨重的身体将白老鼠吞进去了。

"他连吱一声都没有，就被机器猫吞了！"一只老鼠说。

"活该，谁让他不躲开，机器猫又没追他！"另一只老鼠说。

第二天，有老鼠说发现了白老鼠的踪影。他从机器猫的肚子里逃了出来，但不知为什么，后来又被机器猫吞入肚中。

再后来，老鼠们发现，白老鼠经常出入机器猫的肚子。

"你是活老鼠还是老鼠的灵魂？"有只老鼠在洞里面朝外面喊了一句。

白老鼠并不答话，径直走向了机器猫，然后在机器猫的身体上找到了一条缝隙，钻了进去。

洞内的老鼠被这个现象震撼了，但是又不敢凑近机器猫，只能在土洞里做着各种猜测。大家一直保持之前的警戒，坚决不踏进有机器猫的屋子。

灰老鼠想到了自己曾经说过的话，就提醒大家说："没准,我真的说对了呢,那只机器猫不负责抓老鼠,只负责卖萌!"

大家眨了眨眼睛,半信半疑。

"真希望他能够回到洞里,给我们讲清楚!"所有的老鼠都这么盼望着,然后都跑到别人家的屋里找食物吃。

那个冬天,气温很低,大家在严寒和对白老鼠的期待中度过了一天又一天。

后来,春天到了,气温回升,白老鼠终于从机器猫的肚子里搬回了土洞里。

大家叽叽喳喳地凑到他跟前,那声音早就把主人给吵醒了,气得主人又跺脚,又大喊。

"嘘……告诉我们,你到底在机器猫肚子里干什么?为什么还活得这么潇洒?"

"我在那里睡大觉啊,那里很暖和!"白老鼠回答说。

"暖和?不怕它吃了你?"有老鼠问。

"可是,它没吃我啊!我明年冬天还要搬到机器猫的肚子里!"白老鼠说完,就不愿再说什么了。

原来,那只机器猫其实是一台电暖器,它的顶部有个定时器,是仿照猫脑袋设计的。白老鼠把家搬到电暖器里,静悄悄地不发出任何声音,等到人们入梦的时候才爬出来活动。冬天那么冷,白老鼠的家却热乎乎的。

"机会是属于勇敢的老鼠的!"白老鼠把这句话当作了自己的格言。

第十三只猫

CAT
储蓄罐猫

该花钱还是该省钱,
这只猫咪总是有独到的见解。

小猫储蓄罐被人从柜台上取走了。尽管小主人把她抱在怀里,爱不释手,但是储蓄罐的心却变得忐忑不安。

"如果这个小孩存满了钱,一定会把我摔个粉碎,然后把钱取走!"没错,储蓄罐猫由陶瓷制成,掉在地上是很容易碎的。

刚到家,妈妈就给了小女孩一角硬币。"这是刚才买东西找的零钱,你存起来吧!"

小女孩拿着钱,十分开心。可是,她捏着一角硬币,正要顺着储蓄罐脑袋上的小口往里投,这只陶瓷小猫说话了:"小主人,小主人,为什么不把一毛钱花掉呢?"

"是妈妈让我存起来的!"小女孩回答。

"如果你去商店买两块糖,然后送给妈妈,再说一句祝福的话,肯定比存起来要有用!"

小女孩想了想，跑出门外。

"妈妈，我请你吃糖，你工作一天了，该好好享受生活了！"

妈妈听了这句话，果然乐得合不拢嘴。"乖女儿，你的小嘴什么时候变这么甜！"

过了几天，爸爸给了小女孩一元硬币，小女孩又要存起来。

"不行，我得拦着她，否则将来她为了取钱肯定得把我摔碎呀！"储蓄罐猫这样想着，就想出了一个好主意。

"小主人，小主人，你先别投钱，你完全可以用一元钱给爸爸买一只打火机！"

"我妈希望我爸戒烟！"

"那你应该买些糖，看到爸爸想抽烟的时候就给他递一块糖。"

小女孩听了，觉得这是个好办法，于是跑出去买了些糖果。

当爸爸偷偷地跑到阳台上想要抽烟的时候,小女孩就冲过去,将烟夺走,递上了糖果。

爸爸先是一愣,知道女儿的用意后,心里暖暖的。

一个月之后,妈妈拿起储蓄罐晃了晃,然后又将底座拧开。

"奇怪,这么长时间了,为什么一分钱都没攒下?"妈妈向爸爸说起了这件事。

爸爸说:"女儿给你买过糖,也给我买过,钱都花掉了,不过花得很值,就不要怪她了!"

小猫储蓄罐却委屈极了。"我以为他们会把我摔碎取钱,没想到底座还能拧开!"

"小主人,小主人,不要乱花钱,赶快存起来吧。等攒多了,再给爸妈一个惊喜!"这一天,她看到小女孩拿着零花钱要出门的时候,立马将小女孩拦住。

第十四只猫

CAT
大学里的猫

在学会各种理论的同时，
也要学会照顾自己，
否则生活将把你抛弃。

在一所大学校园里有两只猫，一只白猫，一只黑猫。

看到许多学生坐在教室里读书听课，白猫按捺不住内心的求知欲，也跟着大家一起看看书，听听课。

数学课枯燥难懂，白猫却听得很认真。窗外的黑猫，则在一个劲儿地打呼噜。

白猫对人类的历史课也十分感兴趣。老教授的声音很低沉，白猫就屏住呼吸，生怕错过了一字一句。那个时候，黑猫却在窗外斗蛐蛐。

晚上，白猫和大家一起上自习课。桌子上摆满了同学们的书，白猫跳到桌子上，随意翻阅着。

早晨，白猫还陪同学们一起站在操场上读英语。"喵喵喵……"她觉得英语很好听，可自己就是学不会。"我不会放弃的！"白猫暗暗鼓励自己。

有一天，白猫和黑猫相遇。

白猫说:"嗨,你最近学到了什么?"

黑猫回答:"我最近学习了一种新的捉鼠方法。"

白猫摇了摇头:"那太土了,你应该读一读经济学的书,否则你的生活会毫无规划!"

黑猫瞪大了眼睛,只听白猫又说:"我发现哲学很有趣呀,你很有必要听听哲学课,否则你的生活会失去原则!"

黑猫用爪子挠了挠耳朵,正要说什么,却被白猫打断了:"物理也是一门很有意思的课,如果你没有听过一节物理课,没有读过一本物理书,那么你的生活肯定很迷茫!"

白猫的话音刚落,就见黑猫突然蹿了起来,跳来跳去,在墙角按住了一只老鼠,咬在了嘴里。

"喵呜——我先去用餐了!"黑猫噙着老鼠,躲到了一个角落里尽情地享用起来。

"咳!"白猫叹了口气,"从来都不愿意听我把话讲完,这就是教育落后的表现啊!"

她说完,跑到另一个角落里,享用着同学们送来的晚餐,整个学期,她都是靠同学们送的猫粮、零食和剩饭度日的。

天气越来越热,暑假来临,同学们都回家了,学校变得空空荡荡。这一天,白猫又和黑猫相遇了。

"白猫同学,你听了那么多课,读了那么多书,可是我从未发现你抓过老鼠。现在没有人喂你食物了,你还能熬过明天吗?"黑猫问。

"咕咕咕……"白猫的肚子又在叫了,她不想回答黑猫的问题,只是慢慢地踱着步子,用鼻子贴近地面,希望能碰到同学们扔在地上的食物。

第十五只猫

不会游泳的猫

我为你们英勇奋斗,
你们却想推我下水。

鸭子与鹅聚在一起数落猫的缺点。

"猫太粗鲁了！"一只灰鸭子说。

"是啊，他前两天为了抓一只老鼠，直接窜到我们鸭群当中，一点礼貌都没有！"一只大黑鹅说。

"那算什么，他大晚上的和一条蛇打架，把我们全家都吵醒了！"一只大花鸭说。

"可惜啊，这样一个大坏蛋，却什么都会，又会跑又会跳，还会上树。"一只大黑鹅说。

"上天真是太不公平了！"

"幸亏他不会游泳！"

"我们应该利用这一点狠狠地教训他一下。"有只鸭子提议。

"对,下次他再敢打扰我们,我们就把他拖下水!"

所有的鸭与鹅都振翅响应,表示赞同。

然而,就在这个时候,有一只大老鼠突然爬了过来。鸭子们嘎嘎叫着,并扑扇着翅膀试图躲开。有两只大鹅则低下脑袋,准备用嘴巴狠狠地啄一下老鼠。可是老鼠的反应极快,窜来窜去,不仅没被鹅伤着,还把鹅踹了一脚。

正在大家慌乱之际,猫窜了过来,在鸭群与鹅群中拱来拱去,扑上扑下,顿时鸭绒鹅毛乱飞。眼看着猫就要抓住老鼠了,这老鼠却一拐弯,跳进了池塘里。

大家都打算看猫的笑话,谁知猫也豁出去了,跳进水里,紧跟着水上游的老鼠，绷着脑袋，蹬着四足，最后居然在水里把老鼠给抓住了。

"什么，猫也会游泳？"大家都觉得不可思议。那些想把猫拖下水的鸭与鹅都觉得自己的计划要落空了，一个个垂头丧气。

猫爬上了岸，把老鼠丢在一旁，抖了抖身上的水，然后低头不停地舔着身上的毛发，嘴里还嘟囔着："下水就是麻烦，把身上舔干净都要花半天，以后再也不下水啦！"

猫见大家一言不发，以为自己说错了话，连忙改口说："为大家捉老鼠，小猫就算是赴汤蹈火，也在所不辞。"

猫把身上的毛发舔干净后，叼着老鼠离开了。

第十六只猫

会下棋的猫

我只是碰了一下棋子，

你们就兴师动众，

真的太夸张啦！

一天，一只猫咪发现主人正在和邻居下棋，就赶忙跑过去凑热闹。她蹲在旁边，左瞧瞧，右看看，看了半天都没看出什么名堂。

但是，她还是忍不住伸出了爪子，将主人的棋子拨动了一下。

主人先是一愣，然后把手压了过来。猫咪以为自己闯了祸，腾空而起，立马躲开了。

原来，她把主人的棋子"卒"，往前拨了一格。主人觉得这一步走得很妙，整个局面开始对自己有利了。他伸出手其实是想抚摸一下猫咪。

邻居看着棋盘，沉思了半天，才勉强拿起棋子，一边说："就这么着吧！"一边落下棋子。

又走了几步，邻居一扔棋子，垂头认输，嘴里还嘟囔着："没想到输给了一只猫。"

主人十分高兴，一边收拾棋盘，一边夸奖猫咪。

几天之后，猫咪看到家门前停了一辆巨型玩具车，从车里走出两个人，一个人扛着摄像机，一个人拿着话筒。她对这两个人都不感兴趣，倒是对玩具车感兴趣，因为小主人经常玩，但是小主人的玩具车没这么大。她钻到车身底下，东张西望，和小主人玩起了捉迷藏。

她跑呀躲呀，突然听到主人呼唤自己，于是赶忙跑进屋子，跳到主人怀里，听主人给记者和摄像师讲述前几天的经历。

"你们是怎么知道的？"

"我们听人说的。"

"我家的猫比较调皮，动了我的棋子，没想到这一步不仅帮我解了围，还给对手出了个大难题！老实说，猫咪并不会下棋。"主人说。

第二天,猫咪蹲在小主人怀里睡着了,可是小主人一家子却都坐在电视机前,说要看一则新闻。

猫咪正睡得香,却被小主人晃醒了。小主人指着电视说:"快看,那就是猫咪你呀!"

猫咪和主人一家都出现在了电视新闻里,新闻里说,这只猫很聪明,会下象棋。

主人看到全家人都在电视屏幕上,心里美滋滋的,尽管他觉得那段解说词有点怪怪的。

猫咪也明显感受到全家人的喜悦。晚餐的时候,她尝到了久违的鱼肉和鸡蛋。

第三天,猫咪看到家门口停了至少十辆巨型玩具车,整条街道都被塞满了。

猫咪迈着轻柔的步子,盯着身边的大玩具车,准备来一场大检阅。

不过,她很快就听到了主人呼喊的声音,只得乖乖地回到了主人身边。

"咔嚓咔嚓。"

真晃眼,今天多了几家报纸媒体来采访,照相机的闪光灯令猫咪惶恐不安。

"虽然很累,但是我们一家人和猫又能出风头了!"送走这些人之后,主人脸上又露出了笑容。

第四天一大早,猫咪发现胡同里停了更多的巨型玩具车,她爬上大杨树,远远望去,成排的大型玩具车一直绵延到街上,街道发生了严重的堵车。

"咔嚓咔嚓。"

这一次不仅有照相机、摄像机,还有录音机、无人机等各种稀奇古怪的设备,不仅有媒体人,还有几个大商人。

只听其中一个大商人说:"我们联合几家媒体,给你家的猫办了一场'万里挑一'征婚活动,也就是说从一万只猫里面精选一只漂亮的母猫。这只母猫血统高贵,价值不菲,和你家的聪明猫一定能生出更优质的小猫来。"

"价值多少?"

"三十万!"

猫咪看到主人当时就从椅子上瘫下来了,几个记者慌忙将他扶起来。

"太贵了,太贵了,可是我家的也是母猫呀!"

又有不少记者按动了相机的按钮。猫咪再也忍不住了,趁主人没有坐稳的时候,拔腿跑了。

"你们瞅瞅,我家的猫都跑了,她就是母猫。"

猫咪以为记者们过了今天就不会再来了,但是她错了,接下来的几天里,记者们的车天天塞满村里的街道。

"咔嚓,咔嚓,咔嚓。"

猫咪紧张地把耳朵竖起来,眼睛瞪得溜圆,但是,相机的闪光灯太亮了。终于有一天,她发现自己无论把眼睛瞪多大,眼前都是一片漆黑。

猫咪听到记者们的相机还在咔嚓咔嚓响,没有一个人关心自己的健康,除了主人。

当一个记者正要提问时,主人没有回答,而是结结巴巴地反问道:"城……城里的一只猫三……三十万,我要是去城里给猫治眼,得花多少钱?"

记者们的回答五花八门。

后来的几天,记者们再来村里采访,总是看到这家大门紧闭,无论怎么敲都敲不开。

有人说:"这家人忘本,出了名就看不起普通人了!"

有人说:"他们一家靠猫拍广告挣了不少钱,估计早就搬到城里住了!"

只有猫咪自己知道,主人正带着自己在市里的医院里看病。

猫咪悲伤地躺在小主人怀里,听到男主人正和老婆商量是否继续给猫看病:"唉,记者们给的钱都快花光了,猫的眼睛还一点都没恢复,咋办啊?"

第十七只猫

上课打瞌睡的猫

针对上课打瞌睡,

真正的好办法,

难道不是让孩子在该睡觉的时候好好休息吗?

教室内，白象老师正在讲课，突然从后排传来了打呼噜的声音。

白象老师快步走下台，一把将小黑猫从座位上拎了起来。

"站好听课，这对于打瞌睡十分奏效！"说完，老师就大步流星走上讲台继续讲课。

小黑猫不好意思地揉了揉眼睛，勉强把课听完了。

第二天，山羊老师刚讲了一半课，就发现小黑猫趴在了桌子上，她知道小黑猫可能要打瞌睡了，便从桌子上掰了一小截粉笔扔过去，顺便还提示了一句："在教室内睡觉可是容易感冒的哦，毕竟不如家里面舒服嘛！"

轮到黄牛老师教课，小黑猫又在打瞌睡了，黄牛老师听说小黑猫经常在课堂上打瞌睡，十分不悦。他把小黑猫叫到教室外，说："你去打一桶水回来，

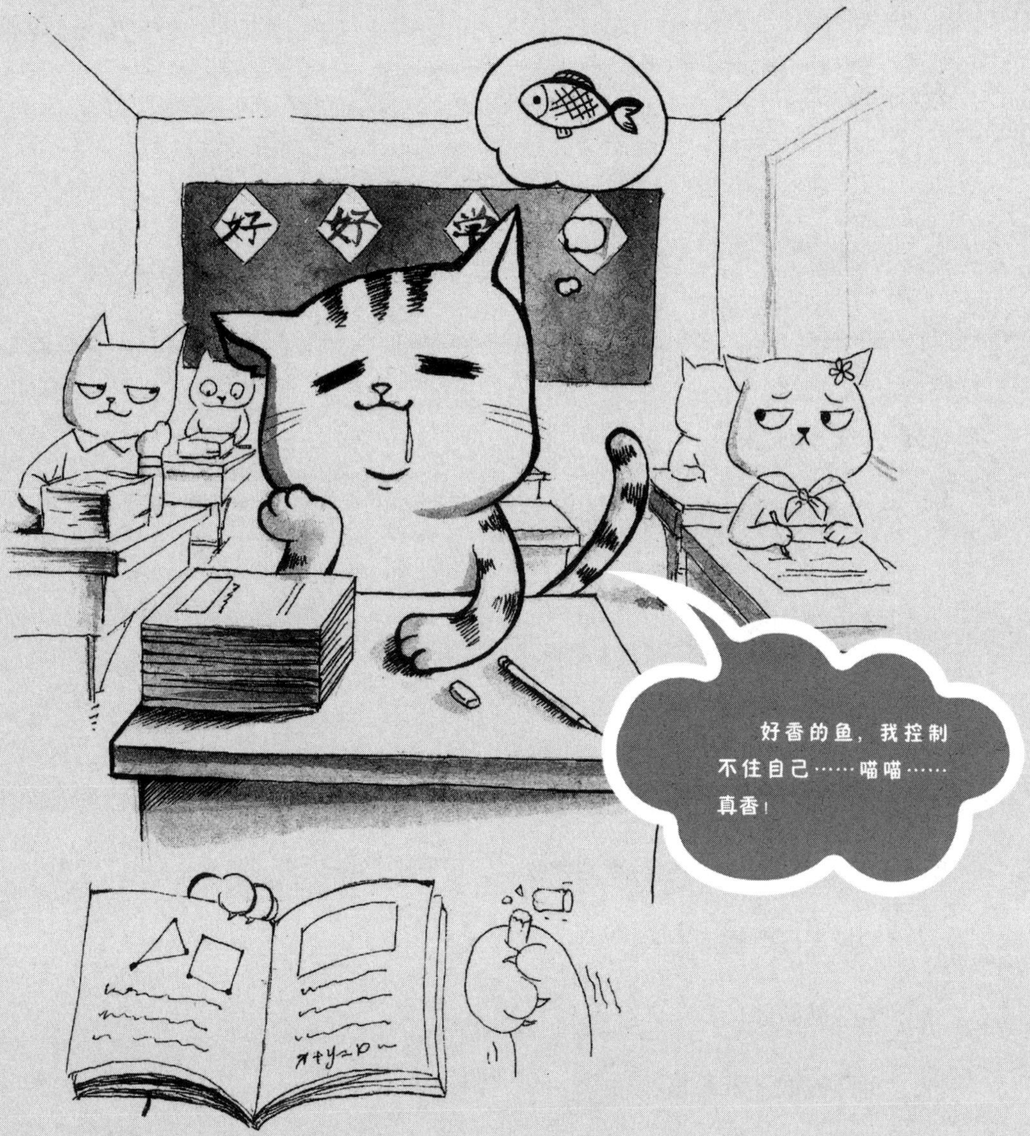
好好学
好香的鱼，我控制不住自己……喵喵……真香！

我就让你正常听课！"

　　黄牛老师望着小黑猫远去的身影，得意地说："我这招治瞌睡最有效！"

　　几天过去了，三个老师一碰头，一个比一个火气大。

　　"那只小黑猫依旧在课堂上打盹、睡觉！"

　　"看来只能叫家长了！"

　　"对，肯定是家教有问题！"

　　这一天，小黑猫的爸爸来到学校，三个老师轮番和他沟通。

　　"他每天几点睡觉？"

　　"九点就睡了！"

　　"他平时很不听话吗？"

"偶尔会调皮，但是大部分时间是非常听话的！"

"他和别的猫是不是不一样？"

"和别的小猫一样。"

这次沟通没有任何结果，白象老师作为班主任决定改天进行一次家访。

星期天的上午，白象老师来到了小黑猫家门前，敲了敲门，小黑猫的爸爸打着哈欠迎接了他。

白象老师还希望见到小黑猫的妈妈，以便了解更多情况。

只听小黑猫的爸爸说："她还在睡觉呢！"

白象老师像是发现了金子一样，眼前一亮。"我明白了，就是这个原因！"

小黑猫的爸爸又打了一个哈欠："你明白什么了？"

"小黑猫的妈妈贪睡,孩子模仿妈妈,才变得如此贪睡。我劝你在教育孩子的同时,让他的妈妈也配合一下,不要在大白天睡觉了!"说完,他拿出一个本子,立即把自己的发现记在了上面。

"可是,白象老师,我们猫族都是白天睡觉,晚上活动的啊!"

"那,那为什么不送你的孩子去夜间学校?"白象老师问。

"我和蜜獾等家长多次给森林林长反馈,可是咱们的森林至今都没有开办夜间学校啊!"

白象老师听了,灰溜溜地走了。

第十八只猫

CAT

小黑猫

小黑猫爱吃鱼肉，

你却给他白菜，

他凭啥还给你抓老鼠？

山羊爷爷家里出现了老鼠，许多粮食都被糟蹋了，他很着急，就请小黑猫帮着抓老鼠。

抓到老鼠后，山羊爷爷把老鼠关在小木屋里，然后拿出自家种的白菜送给小黑猫。

第二天，老鼠又在偷吃粮食了，原来，他咬破了木门，早就逃走了。

山羊爷爷很无奈，只得又去请小黑猫帮忙。

小黑猫捉鼠的本领很强，来了不到半个小时，就将老鼠捉住。

山羊爷爷将老鼠关在木笼子里，然后又拿出自家种的胡萝卜送给小黑猫。

谁知，小黑猫刚走不久，老鼠又逃了出来。当天晚上，老鼠就在山羊爷爷家里闹翻了天。

第二天一大早，山羊爷爷看到屋子里乱糟糟的，气得胡子都翘了起来，他决定继续向小黑猫求助。

他刚走到小黑猫家门口,就见一棵坏掉的大白菜被扔在了地上。

只听小黑猫在家里抱怨:"我再也不帮山羊爷爷捉老鼠了,他每次都把我爱吃的老鼠留下,送我一些我不喜欢吃的蔬菜!"

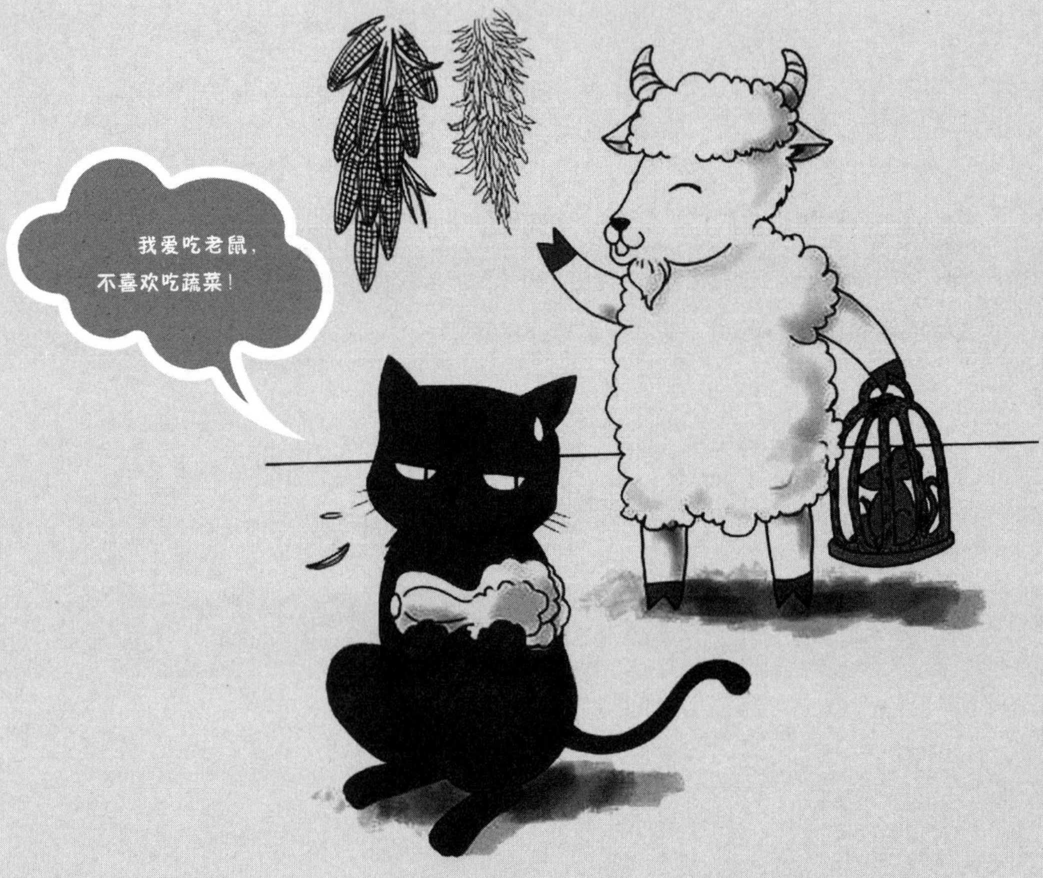
我爱吃老鼠，
不喜欢吃蔬菜！

第十九只猫

CAT
离家出走的猫

曾经有一份真挚的情谊摆在面前，
猫却没有珍惜。
可悲的是，
不会有第二次机会了。

有一只叫丽丽的猫咪十分漂亮，她只要从小宝的视线里消失，小宝就会大哭大闹，让大人去寻找猫咪。

每当这个时候，大人就会叫丽丽的名字，几乎要喊破喉咙时，丽丽才从某个角落里出来。大人不仅不责备丽丽，还会捧出香喷喷的食物。

咀嚼着美味的饭菜，丽丽觉得自己在这个家庭里的地位实在太高了。

"我应该每天都躲着，这样就能吃到更加美味的食物了！"丽丽这样想着，也这样做了。

于是，小宝每天都因为找不到猫咪而哭闹，大人们则格外担心。

"小乖乖，别哭了，马上就给你找到猫咪了。"大人们一边安慰小宝，一边呼叫着猫咪的名字。

"快去把刚买的蛋糕拿出来!"爸爸跟妈妈说,他觉得这样能够更快地引出猫咪。丽丽闻到香气后果然从床底下钻出来了。

"快去把刚买的进口猫粮拿出来!"妈妈跟爸爸说。虽然猫咪不介意食物是否来自国外,但是女主人认为进口的猫粮可能更具有诱惑力。

"不行不行,还是昨天卤的牛肉更有滋味!"爸爸说着从冰箱取出了牛肉。还没等爸爸呼叫猫咪,丽丽已经从外面跑回来了。

"她的鼻子可真灵!"爸爸和妈妈异口同声地感叹说。

"嘿嘿,真是太幸福了!"丽丽尽情享用完美食,再由主人抱到小宝面前。

有一天,丽丽又藏起来了。"干脆多离开几天,说不定主人会拿出更美味的食品来引诱我!"

"对,就这样定了!"丽丽昂起脑袋,摇着尾巴,走向了远方。

过了几天,她又昂着脑袋,摇着尾巴,骄傲而又自豪地出现在家门口。可是,一件可怕的事发生了,一只比她大两倍的狗狗对着她张牙舞爪,还"汪汪汪"地大吵大叫。原来,丽丽出走的第三天,主人就从宠物店买了一只小狗。

丽丽最害怕小狗了。她浑身的毛都竖了起来,然后"喵"一声跑开了,再也没敢回来。

第二十只猫

CAT
落入虎口的猫

掌握一门独家本领到底有多重要?
等你落入虎口后就知道了。

清晨，麻雀站在铁丝网上欢唱。一只狸花猫悄悄地伏在地上，一点点靠拢，越来越近，越来越近，他突然跳上一根横木，然后一跃而起。

他的爪子已经碰到麻雀的翅膀了，但是，只是轻轻地接触到了，没有对麻雀造成任何伤害，他自己反倒从树上摔了下来。

"唉，就差一点点啊！"狸花猫觉得很是惋惜。

"什么就差一点点？"一个粗暴的声音从他脑袋上空响起。

狸花猫赶忙抬起头，发现一只高大威武的老虎正盯着自己。老虎杀气腾腾，光眼神都足够吓瘫别人了。

狸花猫瞬间明白了，铁丝网内关着老虎，自己冲进了动物园的老虎山。

"我，我中毒了！"狸花猫赶忙捂着肚子说，假装自己吃了有毒的食物。

"哈哈哈！"老虎的笑声让大地都震颤了，"不要假装中毒来糊弄我了，你不就是怕我吃了你吗？可是我偏要吃你！"

"别别别，我可是饲养员的宠物，如果你放我出去，饲养员肯定会奖赏你。

如果你吃了我，饲养员肯定会惩罚你！"狸花猫一计不成，又生一计，谎称自己是饲养员的宠物。

"饲养员也得按规定给我喂食，否则他就会被辞退。"老虎一点都不怕饲养员，狸花猫的计策又落空了。

"那你也不能吃我，我是你的师父。"狸花猫想起了一个古老的故事，故事里说猫是老虎的师父，教会了老虎所有技能，除了上树。

"我的师父？胡说八道！"

"真的，你会的我都会，我会的你却有一样不会。"

"哪一样？"

"爬树。"

老虎一听说狸花猫会爬树，眼睛一亮，"嗯，我还真不擅长爬树，你爬一个我看看，反正树就在我家里，你想逃也逃不了！"

狸花猫大摇大摆地走到老虎山中的一棵大杨树前。"那我爬了，你可要看好了。"

"爬吧，爬吧！"

老虎的话音刚落，狸花猫就伸出了爪子，抓着树干，一溜烟爬到了最顶上。

"咦，还真是爬树高手，我也试试。"老虎伸出大爪子，紧紧地抓着树干，把树皮都抓落了不少，但是费尽力气，只能勉强爬一两步，坚持不了几秒就滑落了下来。

"快下来吧，小猫！"老虎喊道。

"快给我下来！"老虎命令道。

"快……"老虎喊破喉咙都没有把狸花猫喊下来。直到饲养员送来食物，把老虎关进一间屋子里，狸花猫才从树上下来。

狸花猫尽管并不认识饲养员，却知道对方一定是来帮助自己的，于是接受了饲养员的抚摸，并被饲养员抱出了虎园。

第二十一只猫

画家的模特猫

画最真实的猫,
做最真实的自己。

有一个年轻人酷爱画画,并立志在这方面取得成就。他养了一只猫作为自己的模特,天天对着猫画。

年轻人十分努力,经常废寝忘食,有时候猫饿坏了,不停"喵喵喵"地叫着,才把年轻人从画画的神思中拉回来。

"哦,该吃饭了!"年轻的画手这才意识到自己的肚子也在咕咕叫,于是放下手中的画笔,跑到厨房做饭。

后来,画手为了节省时间,让一家饭店在固定的三餐时间送来饭菜。

他对着猫画呀画,小猫变成了大猫,后来又变成老猫。画手的事业却没有任何起色,连一幅画都没有卖出去。

"这只老虎不够威猛!"

"老虎的眼光不够犀利!"

"诶,不对呀,为什么越看越像猫呀?"有一个买家快要付钱时突然悟出了什么,然后放下了画,收起了钱。

又过了一年,猫越来越没精神了。有一天,猫躲在一个角落里,静静地走向了生命的终点。

画手到处找猫,找得心急火燎。当他终于看到猫的尸体时,立马痛哭起来。

画手决定给猫画一幅遗像,画好之后,挂在自家卧室,以此来激励自己。

这一天,他费尽心思请来的客人,观看了许多老虎画后都不满意,却冷不丁看到卧室里有张画很特别。

"你卧室的那幅是什么?"

"这是我给爱猫画的遗像。"

"就要这幅了！"年轻人终于卖出了第一幅画，他从心底里感激自己的模特猫，还常常梦到它。

后来，年轻人的画越来越好卖，因为他不再说之前画的是老虎了。这些画全部按照它们应有的身份卖掉了——对，画的都是猫，怎么可能是老虎！

第二十二只猫

CAT
转圈圈的猫

跟着猫咪转圈圈，

你就会找到失去的幸福。

一只叫作小娴的猫,只要无聊,就会追逐自己的尾巴,原地打转。

"嘻嘻……哈哈……"这种游戏,她总是百玩不厌,自得其乐。

一旁刚拉完磨,正在歇息的驴子看到了,说道:"这种小圈圈有什么玩头,不如去玩大圈圈!"

"什么大圈圈?"小娴问。

驴子从石磨底盘的下方取出一张地图,拍了拍灰,将它摊开,在上面画了一个圈圈,然后讲道:"这上面的一厘米,相当于实际距离的五百米。"

"哦!"小娴盯着地图看了起来。

驴子继续说:"你沿着这个圆走一圈,就能走很远很远的路,会遇到各种各样的人和事,并能欣赏到各种各样的风景。"

小娴看了看地图,又看了看驴子,问道:"那你为什么不去呢?"

"因为我还要磨面,只能围着石磨转小圈圈,没有那个工夫去转大圈圈。"驴子回答。

猫从驴子手中接过地图,开始绕大圈了。

小娴穿过麦田,走到一座市屋前面,看到一个正在哭泣的小男孩。

"嗨,别哭了,跟我一起转大圈圈吧!"

小男孩很伤心。"我没有心思转大圈圈了,我很伤心,很伤心。"

小娴见他不肯一起去,就独自往前走,背后的小男孩还哭着说:"我的风筝断了线,好伤心,好伤心!"

忽然,在小娴的面前出现了一群蜜蜂,她们正在七嘴八舌嚷嚷着什么。

"一夜之间,花都哪儿去了?"

"真奇怪!"

蜜蜂们一个个纳闷极了。

"是有人带着所有的花参加花展了吧!"

"要不就是谁把花全部销毁了!"

大家一个个愁眉苦脸。小娴向她们打了个招呼:"跟我一起转大圈圈吧!"

"不去,不去,我们要采花蜜!"有只蜜蜂拒绝说。

小娴没有再说话,但是她瞥见了蜂群下方的风筝,那风筝就落在一堆沙子上。然而,她没有去碰那只风筝,依旧向前迈着步。

不知不觉,小娴就爬上了一座山,山上有不少花,她嗅了嗅:"真香呀!"

正在陶醉的时候，忽然，一阵乒乒乓乓的声音传了过来。

小娴透过树叶的缝隙一瞧，在山顶，有两头羊正在打架，他们用羊角互相抵碰。

"喂，别打了，别打了，跟我一起转大圈圈吧！"小娴慌忙跑来劝架。

两只羊果真就停下来了。小娴很高兴，心想，终于有人听自己的话了。

"哼，让我歇息歇息，一会儿再较量！"一只羊说。

"对，歇一会儿再比武！"另一只羊说。

"啊，为什么还要打呀？"小娴问。

那两只羊都喘着气，恶狠狠地望着对方，没有再说什么话。

小娴见马上还会有一场厮打，自己又拦不住，只好继续往前走。这时，背后一只羊终于说出了打斗的原因:"因为我们俩都想拥有这座山上的草!"

小娴来到了河边,河边的草绿油油的,这使她忍不住在草地上打起滚来。

"河水真甜!"她站在石头上,探低了脑袋,喝了几口缓缓流淌的河水。

她摊开地图,发现这条河流正好在圈圈上,并且流经自己的家。

过了一会儿,一根木头从上游漂了下来。小娴走了大半天,早就累了,于是她一纵身,跳了上去,让木头把自己带回了家。

第二天,还没等驴子开始拉磨,小娴就又拿着地图出发了。

"你还要去转大圈圈吗?"驴子望着小娴的背影问。

"对,我还要让小男孩、蜜蜂、羊和我一起转大圈圈!"小娴回答说,然后很快就消失在了麦田里。

第二十三只猫

没用的猫

我不抓老鼠，

不会爬树，

但我有更大的用处。

猫妈妈有四个孩子，老大叫泰格。他体型庞大，十分笨拙，既不会爬树，也不会捉老鼠，弟弟妹妹们都瞧不起他。

一天，妈妈从湖边带回来四条鱼，分给了孩子们。

二弟把属于自己的那份吃完后就抢了泰格的鱼，他"嗖"地一下蹿到了树上，泰格只好眼巴巴地瞅着自己的鱼被二弟吃掉了。

三妹和四妹围捕一只老鼠，并成功地将它捉住。她们将老鼠绑在木棍上抬回去，受到许多人的称赞。

"为什么你这么大了，连一只老鼠都没抓到过呢？真没用！"一条狗讥讽泰格。

泰格听了狗的话，感到十分冤枉，他辩解说："其实，让我捉老鼠是大材小用了。真的，请相信我，我能做更重要的事！"

"狼来了！"一只兔子大喊。大家都吓得躲了起来，只有泰格站在山洞外，盯着将要冲过来的狼。

看到狼冲了上来，泰格"呼"的一声就扑了上去，和狼撕咬在一起。

狼渐渐体力不支，败下阵去。

"真奇怪，一只既不会爬树也不会捉老鼠的猫竟然打败了狼！"大家都在心里嘀咕。

泰格成了英雄，许多记者前来采访。白鸽记者问："面对一只恶狠狠的狼，你为什么一点儿都不害怕呢？"泰格摇了摇头回答说："我没觉得狼有多可怕呀！"

白鸽记者又来采访猫妈妈:"你采用了什么教育方法,使得你的孩子变得如此勇敢?"猫妈妈犹豫了半天才将实情说出:"这还要从他只是个婴儿的时候说起。"

"其实,泰格是一只被遗弃的小老虎,我在山林中将他捡回,这就是他既不会爬树也不会捉老鼠的原因!"猫妈妈说出了这个惊天动地的秘密。

几个月后,大家都知道了这个秘密,并一致决定,推举泰格做森林之王。

第二十四只猫

CAT
不再捉老鼠的猫

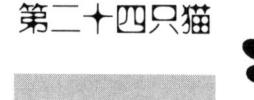

我倒是想捉老鼠,
可是你们人类不允许啊!

据说猫也学会了人类社会的那一套,设立学校,培养学生。不过,自从第一批"莘莘猫子"毕业以来,很少有哪只猫善于并敢于捉老鼠了。教育部长下山猫不明其理,决定亲自去明察暗访。

"这类事马虎不得,事关猫族的未来。"下山猫寻思道。他乔装打扮成普通猫,火速赶往猫类中的高等学府——天字第一号捕鼠大学。

"老师们是怎么教育下一代的?"下山猫手提一布袋,袋中有他亲自活捉的五只大老鼠。他打算到大学校园里试探试探,"难道大学里的猫也不会捉老鼠了?"

他悄悄走到一所教室前,将一只老鼠放了进去,又透过窗户看教室里的反应,结果令他既吃惊又气愤。学生们一注意到老鼠,就发出撕心裂肺的尖叫,他们不仅没有去捉老鼠,有两只猫反而被老鼠咬了几口,鲜血还染红了课本。下山猫见势不妙,急忙蹿进教室,力挽狂澜,把猖狂的老鼠又捉进了口袋。

下山猫一跺脚,当堂向老师出示了教育部部长的证件,并命令天字第一号捕鼠大学的校长立马来见他。"猫居然被老鼠咬伤,真是岂有此理!我要问问校长,这究竟是怎么回事?"

校长听说下山猫来了,委实有些惊慌失措。他战战兢兢地跑来向下山猫解释道:"这不能全怪我,部长大人,都是人类惹的祸啊,是他们扼杀了孩子们的天性,以至于孩子们长大后连一根老鼠毛都抓不到。如果大人不信的话,我可以陪您去走一遭,到社会上调查究竟!"

"先别慌,你们学校到底有没有捕鼠能手?"部长大人依然很恼火:"我对你们学校很失望!"

"有啊!"校长斩钉截铁地回答。

"有多少?快把他们叫来!不,把最优秀的捕鼠能手都叫来,我倒要看看他们的水平!"

为了选拔出捕鼠能手,天字第一号捕鼠大学忙坏了。校长召开紧急教师会议,责令大家立即行动,对学生们进行全面体能测试。

首先是初试,三千只小猫被排除在外,只有两百只猫略微懂得一些捉老鼠的方法。有许多猫在考场上晕倒了,还有一些则被老鼠咬得遍体鳞伤,最后不得不被送到医院进行救治。

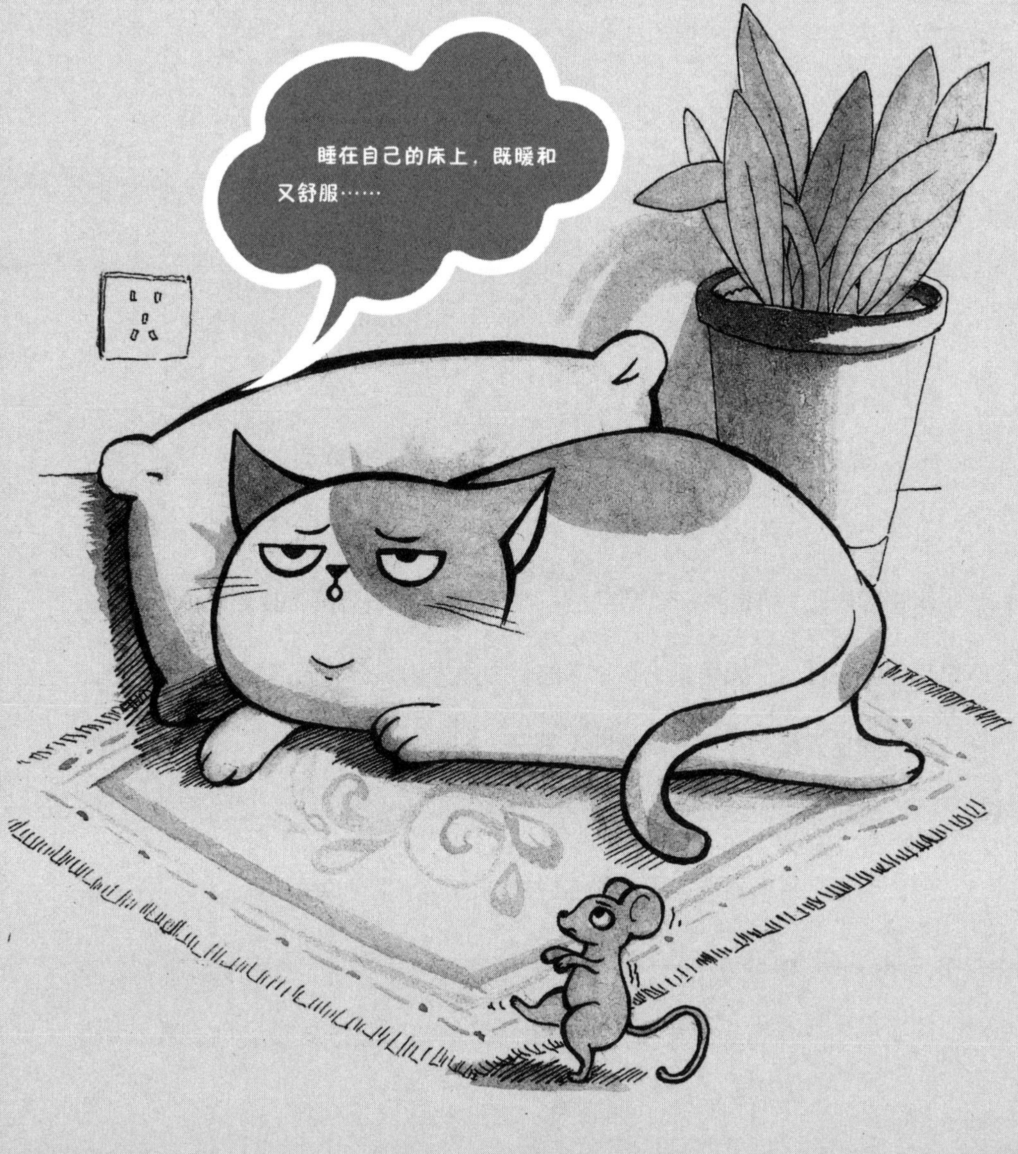
睡在自己的床上，既暖和又舒服……

接着是复试,又刷下来一百八十只猫。

后来又淘汰掉一百六十只猫,最后只有五只猫幸运入选。

可惜,这五只猫似乎都不大高兴,有只猫还向老师表达了自己的苦楚。"我并不想去捉老鼠,可是我被逼无奈。我们家不富裕,只有靠捕捉老鼠维持生计,不像其他猫一样,在家里,主人喂给他们大鱼大肉,把他们收拾得干干净净,还让他们睡在人类的床上,既暖和又舒服。"

部长看着好不容易选拔出来的五只捕鼠能手,点了点头。

"我要他们当场演示!"下山猫说。

于是,部长从布袋里掏出一只老鼠。这是他在实验室培养的老鼠,与普通老鼠不一样，毛色极为光滑，生性尤为大胆。下山猫向众猫扫视了一眼说："你们准备好，就要开始了！"

只见他忽然松开了爪子，老鼠从他爪子下溜了出来，在宽阔的场地上窜来窜去。再看那五只猫，有的静卧不动等待时机，有的奔跑狂追，有的跳跃猛抓，有的匍匐前进……精力充沛，全神贯注。而老鼠似乎也是胸有成竹，在众猫脚下躲来躲去，游刃有余，就像一只灰色的小足球一样。围观的同学们一个个看得瞪大了眼睛，老师们也为五只猫捏着一把汗，在内心为他们默默祈祷。

大约过了十几个回合，有只小白猫抢先按住了老鼠，正在兴奋之际，不小心让它跑了，只得重新开始捕捉。

下山猫在看台上来回踱着步子，对这样的表现很不满意。"如果换了我，根本不会让到手的老鼠跑掉！"

大个子黑猫几乎是"瞎猫碰了个死耗子"。他摔了一跤，压在了老鼠身上，可惜来不及用爪子将它按住，就又让老鼠逃了。

有只小花猫身轻如燕，在场地上奔来跑去，但是他只碰到过老鼠两三次，并不曾把老鼠捉住。

大狸猫虽身强力壮，走路却慢吞吞的，更没能碰到老鼠。

第五只猫身材短小，老鼠遇到他的时候就飞身一跳。他也没能捉到老鼠。

又过了十几个回合，老鼠依然在场地上来去自如。

但是最后，老鼠终于筋疲力尽了，五只猫一起行动，将老鼠紧紧地按在地上，老鼠这下真的完了。全场立刻响起一片掌声，如同雷鸣一般。

说时迟那时快，不知从哪里冒出来一个小男孩儿，他几脚就将猫赶开，从地上把老鼠捡起来，抚摸了几下，装入一只小笼子里。

众猫待在原地不敢上前去抢，眼睁睁地看着小男孩要把老鼠带走。看台上的下山猫一个箭步冲了下来。真不愧为下山猫，速度比五级风还要快。他拦住了小男孩儿。

"你为何要救老鼠？猫捉老鼠，天经地义，你不能横加阻拦。"

"老鼠是我们人类新发现的一种非常可爱的动物，我要把它带回去做宠物，让它永远陪在我身旁。我不许你们欺负老鼠！"

下山猫还想说什么,只见旁边的校长劝他说:"部长大人,这就是猫会被老鼠咬伤的原因。现在不仅猫成了人类的宠物,老鼠也是啊!人类是不希望看到两种宠物相争的,所以我们每次捉老鼠的时候,总会被人类阻拦。更何况,人类每天给我们那么多好吃的东西,我们何必要煞费苦心捉老鼠呢?有一些猫捉老鼠,是因为他们的主人对他们不够体贴,他们只好去捉老鼠,勉强度日!"

下山猫听了,抓了抓头,似有所懂。

"'老鼠过街——人人喊打'的时代早就一去不复返了!"下山猫低头沉思道。

第二十五只猫

CAT

生病的猫

你想救它，
别人更想！

莫尔斯是一个热爱小动物的孩子，他喜欢抱着猫咪在家里写作业，看电视，偶尔还带着它到外边玩。可是有一天，他的猫咪生病了，不停地从嘴里吐出白沫。

莫尔斯立即告诉了自己的爸爸和妈妈，央求他们救救猫咪。于是，他的爸爸立即抱着它去找兽医看病。兽医给它打了一针，然而到了傍晚的时候，还不见它有任何好转。

那天夜里，莫尔斯正在熟睡，突然被爸爸和妈妈走路的声音惊醒。真奇怪，不知道他们是在什么时候走进了莫尔斯的房间。

妈妈伸出手，准备将奄奄一息的猫咪从箱子中抱出来。

"天啊，我的爸爸和妈妈一定是要把它扔出去。生病了就要把它抛弃，而且还要趁我睡熟了再动手，这太让人生气了。前几天他们就曾说要把猫咪卖掉，因为猫咪总是给他们带来各种各样的麻烦,幸亏我拦了下来。"

想到这里,莫尔斯猛地坐了起来,非常愤怒地喊道:"不要动它,我要把它救活……"

"莫尔斯啊,你醒了,我们要给它打针了,兽医说每隔六个小时就要给它打针。下午六点的时候给它打了一针,现在又到了打针的时间了。"母亲温和地说道。

莫尔斯的爸爸是当地有名的内科医生,曾经救过无数病人,打针的技术很好。

爸爸一针便扎在那只猫的身上。它乖乖的,没有做任何挣扎。

莫尔斯依然十分担心。"它肯定没有救了。"他悲观地想着,禁不住流下了眼泪。

两天之后的一个中午,莫尔斯一放学,就看到猫咪蹲在家门口。"它康复了,我的猫咪病好了!"莫尔斯顿时心花怒放,连忙跑过去用手抚摸它。

"爸爸,妈妈!快来看啊,猫咪的病好了!"他欢快地叫了起来。

妈妈从屋子里走了出来,把食指竖在嘴边,发出了"嘘——"的声音,示意他不要出声。

"怎么了?"莫尔斯皱起了眉头。

"这几天夜里,爸爸为了给猫咪打针,睡得太晚,没有休息好,现在正在睡觉呢!"妈妈说。

"是呀,多亏了我的爸爸和妈妈!"莫尔斯心里无比感激。他轻轻地迈着步子,慢慢地走进了屋子。然后,他摸了摸口袋里的几颗巧克力,"等爸爸醒了,我要和爸爸妈妈一起吃!"

第二十六只猫
主人给照明的猫

别逗了,
灯光是人类给自己发明的,
你确定猫咪需要吗?
凡事不能总站在自己的角度考虑!

最近，王小毛睡觉总是听到老鼠叫。妈妈说，家里的米袋都被老鼠咬了个洞。

王小毛从邻居家借来一只猫，发誓要逮住老鼠。

"老鼠在半夜里行动，大晚上黑灯瞎火的，老花猫也看不见啊！怎么办呢？"王小毛抓耳挠腮。

第二天，王小毛带着"熊猫眼"去上学。

张小云关心地问道："王小毛，你昨天没睡好吗？"

"别提了，我为了给大花猫照明，一晚上没睡觉。"王小毛没精打采地说。

"你为大花猫照明？"张小云不解地问。

"嗯，我担心大花猫夜里抓老鼠看不清，就把屋子里的灯全打开了，还准备了一把手电筒,随时准备给花猫照明。屋里亮堂堂的,我无法入睡。可恨的是,老鼠一直没出现,花猫没抓到老鼠。"

"那你今晚是不是还得继续为大花猫照明?"张小云问。

"是啊,不抓住老鼠,难解我心头之恨。"王小毛又生气又难过。

"哈哈哈,你这样做无异于画蛇添足。"一个对什么都懂的精灵鬼大雷雷在一旁听到后,拍手嘲笑起来。

"怎么是'画蛇添足'了呢?"王小毛不明白,张小云也不了解其中的原委。

"猫无论在白天还是黑夜,都能把东西看得清清楚楚,根本就不需要照明。"

王小毛和张小云都不相信,但这是真的。猫的眼睛对光很敏感,它的瞳孔可随光线强弱而发生显著的变化。无论光线强还是弱,它都能很清楚地看到东西。

  这天晚上,王小毛实在太困,就关了灯睡觉。半夜里,他听到了老鼠"吱吱"的惨叫声,是大花猫抓住了它。

第二十七只猫

CAT
哭耗子的猫

时间紧，

任务重，

情急之下就哭了。

主人黄老板给大黄猫和大黄狗制定了每天必完成的任务，大黄猫要在早上八点前抓一只老鼠送到黄老板面前，而大黄狗在夜里听到动静至少要叫三声。

大黄猫一开始就对这个任务非常抗拒，但是没办法，为了生活，他只能严格执行。

为了保证每天抓到一只老鼠，大黄猫想了各种办法。

比如，抓到一群老鼠，他就只留一只，其他的全都放了。

"如果我把老鼠抓光了，下次就完不成任务了。"大黄猫盘算道。

再比如，如果抓到一只有身孕的老鼠，他也会放掉，转而去抓别的老鼠。

"如果老鼠没有了下一代，我就抓不到老鼠了，主人就会骂我！"大黄猫经常这样想。

尽管考虑得如此周到，在大黄猫管辖的地方，老鼠还是越来越少，大黄猫也越来越发愁了。

"你天生就爱吃老鼠，抓老鼠怎么可能会有问题呢？"大黄狗说。

"主人让我每天抓一只老鼠，却没让你每天抓一个小偷，你怎么可能体会到我的压力？"大黄猫反问。

说完，大黄猫就转身走了，他一边迈着步子，一边哆嗦着："今天好冷啊，冻死我了！"他围着主人的房屋来回巡逻了好几遍，都没发现一只老鼠。

大黄狗站在亭子里指着猫嘲笑道："嘿嘿，还是俺的工作轻松！"

大黄猫突然探下身子，沿着墙，向前望去："有动静！"

大黄猫抓住了一个东西，叹息道："唉，竟然是一只玩具老鼠，谁在给我开玩笑，气死我了！"

大黄猫又低下头，专心倾听着什么，墙角传来了"呜呜"的声音。

洞内，几只老鼠正在痛哭。"大兄弟，你死得好惨啊，早就跟你说过人类的红绿灯不能乱闯！"原来，有一只老鼠被车压着了。

　　大黄猫在洞口，拿了块破布掩面哭道："我的大哥，你怎么这么早就去世了呢？我今天又来找你了……"

　　一只小老鼠透过门缝往外一看："啊，原来是猫，才不给你开门呢！"

　　"呜呜，快开门啊，我是真心实意的啊！"

　　老鼠用力顶住门："哼，别骗我们了，我的爷爷早就说过，猫是我们的敌人，你这是假慈悲！"

　　大黄猫叹了一口气，在洞口哭了一夜。老鼠们则在洞内愤愤地骂着："假慈悲，假慈悲！"

　　第二天，大黄猫被黄老板解雇了，昨夜是他有史以来第一次没完成任务。

　　"他们非说我是假慈悲，我，我，我是因为我的工作太难做而哭啊！"

第二十八只猫

CAT
穿鞋子的猫

老太太把所有的希望都寄托在猫身上，
就算被猫拒绝了，
也永不放弃。

有一个八十多岁的老太太，眼不花，耳不聋，心灵手巧，平时最喜欢缝缝补补。

尽管她裁剪的衣服十分贴身，尽管她缝制的鞋子非常合脚，但是她的子孙们都不喜欢。

"太土了，我穿上觉得丢人！"她的儿子说。

"我只喜欢大品牌！"她的孙子说。

"去商场买，去商场买！"她四岁的重孙子说。虽然他还是个不懂事的小不点，但他也只喜欢商场里的东西，不喜欢自家手工制作的东西。

老太太不想无所事事，就养了一只猫，给猫裁剪衣服，缝制鞋子。

然而，猫更不喜欢她做的衣服，每当老太太试图给它穿上衣服时，它都表现出强烈的抗拒。

"喵呜,喵呜!"猫咪的叫声简直像小孩在哭。

不过,老太太不停地安慰猫咪:"别哭了,小宝宝,穿上后你就知道多好看了!"

老太太给猫穿上四只小棉靴,猫穿上后就不停地甩脚,直到四只小棉靴全被甩掉。

"小坏猫,你怎么把棉靴全给扔了,奶奶再给你做几双!"老太太抱着猫说。

猫不知道老太太在说什么,只是轻轻地叫了一声:"喵。"

"比我的孩子强多了,我都不敢问他们。"老太太乐呵呵地笑了起来,然后就拿起针线,又给猫缝制了四只新棉靴。

有一天，当老太太把猫身上的衣服脱下来清洗的时候，猫觉得无比轻松和自由。从此，只要老太太想给猫穿衣服，猫就拼命挣扎，老太太再没有一次成功过。

猫再也没穿过衣服和鞋子，但是老太太却没有停下手里的活儿。

"总有一天，你会喜欢这些衣服和鞋子的。"

老太太坚持了一年又一年，过得很充实。

因为她总是说："小猫，明天奶奶给你做新衣服！""小猫，明天奶奶就给你做新鞋子啦！"

并且，她也的确这么做了。

第二十九只猫

CAT

吞针猫

如果你家的针丢了,
不妨在猫砂盆里找一找。
记得把针藏好,
猫吞针是很难受的。

有一位家庭主妇喜欢做针线活儿,一天,朋友把自己的宠物猫委托给她,希望她能好好照料。

这个朋友在委托之前,给猫反反复复强调了一些注意事项,希望猫能遵守。

其中有一条是:"不要玩针线包,否则针将进入你的肚中!"

猫听到这条注意事项,简直要笑掉大牙。

"难道针线包有魔法,怎么可能让针跑到我肚子里?"猫很纳闷。

"我要出去买菜,你在我家里好好待着,等到三天后你就能回到自己家了!"这位家庭主妇说完就提着菜篮出门了。

猫独自在家,高兴坏了。

"我倒要看看那是什么样的针线包!"说完,他就扒开抽屉,发现了好几个线卷,上面缠着各种颜色的线,红的、蓝的、黑的、白的,上面还有粗细不一的绣花针,这些针都穿好了线。

猫伸出爪子,拿出一个线卷,在地上推来扔去。猫觉得不过瘾,就把所有的线卷都拿了出来。

他玩着玩着,有一根线像粘在了脚掌上一样,怎么都弄不掉。原来,线被爪子尖钩到了。

猫连忙用嘴巴去咬,这下坏了,线又粘在了舌头上。

"奇怪,这线在地上什么都不粘,偏偏能粘在我舌头上。"猫忘了自己舌头上有许多倒刺,正是这些倒刺挂住了线。

猫摇头晃脑吐舌头,两只爪子在嘴巴前抓来抓去,想摆脱线,但是一点作用都没有。

"哇呀呀呀……"猫要抓狂了,他不停吐着舌头想把线吐掉,可是线却越来越往嘴巴里进,渐渐地进入他的喉咙。

家庭主妇回来之后,发现抽屉被打开了,还以为家中失窃。她仔细检查了一遍,只发现那根穿着蓝线的针不见了。

"小偷偷我的针干什么?"她想不明白,也不想继续往下想。

又过了两天,家庭主妇把猫还给了朋友,在清理猫砂的时候,发现丢失的针也出现了。

"小偷真可恶,把我的针藏在了猫砂里不说,还硬生生插进了猫的便便里!"

作为一个不常养猫的人,她并不知道,在这个世界上,有很多猫曾经吞过针。

第三十只猫

电视节目里的猫

电视屏幕里的善良,

可能只是一种表演。

一家电视台要录制节目,这个节目要展现一只流浪猫接受关爱并最终被收养的过程。

工作人员把猫放出去之后,就一直跟踪着猫进行拍摄。

白天,猫躺在草丛里睡大觉,摄像机对着它拍了半天,它的动作都没有太大变化。

晚上,猫饿了。它嗅到了从一家餐厅飘来的香气,于是信步走到餐厅。

餐厅很忙,服务员担心猫会影响顾客进餐,于是拿起扫帚,正要把猫轰走,抬头却看到门口有人扛着摄像机对准自己。

服务员立马把手连同扫帚缩了回来,转而去问拍摄的人。

"你在拍什么?"

"我是电视台的,在录制节目。"

"什么节目?"

"《流浪猫的春天》。"

"讲什么内容？"

"就是一只猫开始流浪后，多久能得到好心人的关照，多久能被人收养。"

服务员听到这里，立马从客人吃剩的盘子里夹了一块肉喂给猫。然后，还把老板给叫了出来。

"电视台来了，电视台来了，宣传我们餐厅的机会来了，老板要不要收养猫？"

"宣传就宣传，为什么一定要收养猫呢？"老板纳闷。

"因为电视台的人说了，他们的节目就是要看多久有人关照猫，多久有人收养猫！"

老板明白了，当即拍板，要服务员告诉电视台的人，餐厅决定收养猫。电视台的人十分开心，节目顺利录制并播出。

一年之后，有一个来自电视台的编辑到这家餐厅吃饭。这位编辑不想透露自己的真实身份，于是以一位普通观众的身份和服务员聊起了那只猫。

"有一档叫《流浪猫的春天》的节目你看过吗？好像就是你家收养了那只猫。"

"据我所知，那档节目播出后没什么人知道，所以我们也就没怎么管那只猫了。"服务员说。

"啊，那么那只猫现在怎么样了？"编辑问。

"唉，老实说，我也不知猫去哪里了。"

原来，录制完节目之后，餐厅并没有从节目里获益，又嫌猫太碍事，就置之不理了。

这位编辑听完后差点哭了，因为他是那只猫最初的主人，他的老婆反对养猫，他才策划出这个节目，希望有人能收养猫，让猫过上舒适的生活，没想到反而把猫弄丢了！

第三十一只猫

接受陌生人召唤的猫

信任等于冒险,

冒险家有时会有大收获。

黑猫和白猫是一对好朋友，他们生活在同一个公园。

黑猫一看到人就躲起来，白猫看到人则依旧做自己的事情。有时候，如果有人呼唤白猫，白猫会走到人跟前，尽管他们互不认识。

一天，两个人在路上看到了白猫，其中一个嘴里喊着："猫咪咪咪，猫咪咪咪！"

白猫望了望，然后回应了一句："喵喵喵！"

那人又呼喊道："猫咪咪咪，猫咪咪咪！"还用手给白猫打招呼。

白猫赶忙跑了过去，谁知道那人却哈哈大笑，然后转身离开了。

"怎么样，我的魅力足够大吧！"那人炫耀说。

等两个人走了，躲在草丛里的黑猫就蹿出来问白猫："为什么别人一喊你，你就过去？我以为他有好吃的呢，闹了半天啥也没有！"

白猫说："没关系，没关系，和我说说话也是不错的嘛！"

白猫想，反正别人也没影响自己的生活，依旧是自由自在、无忧无虑，这样有什么不好的呢！

第二天，又有人路过，黑猫见到人就跑，白猫又凑了过去。

这次是个小女孩。她给白猫捋了捋背，然后就走了。

黑猫从石头后面蹦出来，劝白猫说："不要老幻想人类会给你喂吃的！"

白猫说："没关系，没关系，给我捋背也是不错的嘛！"

第三天，又有人路过，一看到他们俩就喊，黑猫赶快躲了起来，只有白猫凑到跟前，还喵喵地叫着。

这是一个老太太,她抱起了白猫,把他抱回了家。

黑猫眼巴巴地看着白猫被老太太抱走,又气又同情地自言自语:"这下你要失去自由了吧!"

然而,事情并不像黑猫想的那样。老太太把白猫抱回家,给他洗了个澡,把他当成自己的宠物养了起来。白猫在老太太家里过着自由自在、无忧无虑的生活。

第三十二只猫

CAT
挡车猫

逞能前要搞清楚彼此的实力，
不要认为地球是因为自己而转动。

大多数猫看到汽车驶过来都会躲闪，有一只大花猫本来也很害怕奔跑的汽车，但是，自打一辆汽车在他面前急刹车之后，他觉得自己拥有了特殊的魔力。

"我能让带轱辘的奔跑的大铁箱子停下来！"大花猫向小动物们炫耀说。

"你凭借什么呢？"小动物们都问。

"我有魔力！"大花猫翘着尾巴说。

"不信，我们不信！"小动物们都说。

"那就跟我来一趟吧！"大花猫带领大家来到马路边，然后自己蹲在马路上，等着汽车驶来。

过了一会儿，果然有一辆小轿车疾驶过来，小动物们在马路边上都感受到恐惧了，一个个藏在马路边的草丛里或者树干后，偷偷露出脑袋盯着大花猫。

大铁箱子果然停止了奔跑，小动物们的内心涌起一股钦佩。

"嘀嘀嘀——"小动物们听到带轱辘的大铁箱子突然发出了愤怒的声音，他们都觉得大花猫肯定要被大铁箱子压扁了，没有一个不担心的，有的动物已经开始尖叫了。

但是大花猫蹲在原地，尾巴左右摇摆，就像什么都没听到一样。

"哼，还不快快给我让路！"大花猫说。

说也奇怪，那只大铁箱子果真开始向一边倾斜了。它绕过大花猫，从旁边溜走了。

等大铁箱子走远了，小动物们都跑出来恭维起了大花猫，一个个向他竖起了大拇指。

"你真勇敢,你真有魔力,你真是个大英雄!"

大花猫非常得意,他决定让更多的小动物看到他的壮举,以便了解他的实力。

"我能让带轱辘的奔跑的大铁箱子停下来,你行吗?"大花猫向一头小牛发起了挑战。

"让他停下来干啥?"小牛不了解大花猫的意思。

"让他停下来说明他害怕呀!我就能让他停下来,说明我强大啊!"大花猫骄傲地说。

"我不信!"小牛说。

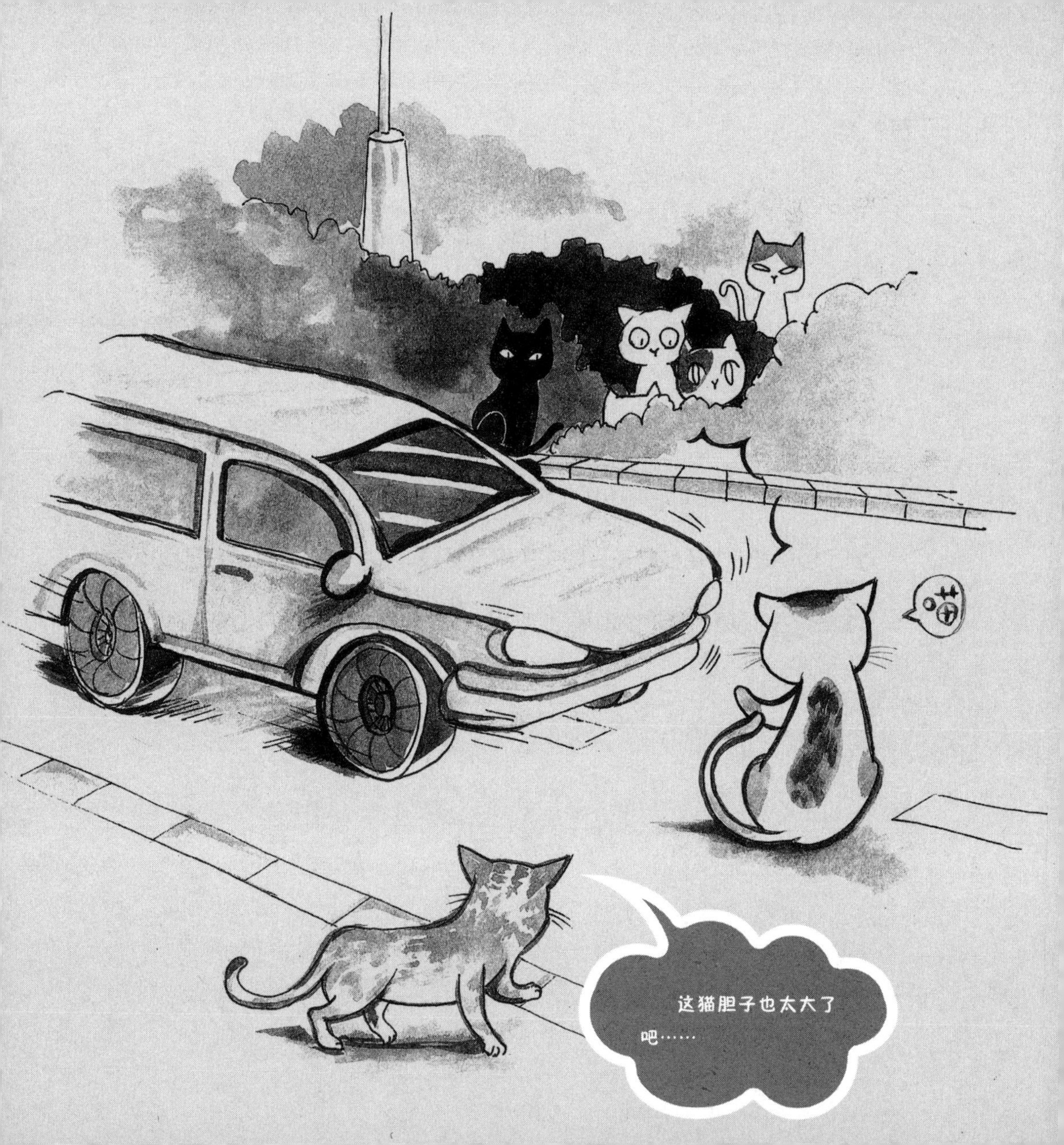
这猫胆子也太大了吧……

"那你跟我到马路上走一趟吧！"大花猫带着小牛向马路走去，中途看到别的小动物也一并叫上，以便作个见证，尽管有的小动物已经见识过了。

到了目的地，大花猫蹲在马路中央梳理毛发，大家则在马路边上拭目以待。

"嘀嘀——"见证奇迹的时候到了，只听一声刺耳的刹车声混杂着尖叫声，猫被压成了肉饼。

第三十三只猫

患了宠物病的猫

人类的食物尚且不安全,
猫咪的口粮就更成问题了。

乡下的生活越来越好了，有的猫不再捉老鼠了。有一只叫珍妮妮的猫就是这样，只要她看到猫捉老鼠，就会嗤之以鼻，嘲笑说："都什么年代了，还吃老鼠？"

"喂，你知道吗？老鼠肉富含我们需要的各种营养物质，多吃老鼠还是有好处的！"一只白猫说。

珍妮妮摇了摇尾巴，"老鼠多脏啊，哪有猫粮卫生啊！"

"吱吱吱——"白猫没有和她争论下去，而是抓到老鼠，躲到一个角落里慢慢享用起来。

"抓老鼠多麻烦啊，累出一身汗，这样真的好吗？"珍妮妮看到一只黑猫上蹿下跳的时候，再一次提出了反对意见。

"正好可以锻炼身体啊！"黑猫回了一句后，继续去抓老鼠。

珍妮妮懒洋洋地躺在沙发上，等着主人带猫粮回来。

傍晚，男主人回家之后，急匆匆地往盘子里倒了一些猫粮，然后慌慌张张从抽屉里翻出一张银行卡就走了。

一连三天，男主人都急匆匆回，急匆匆走，唯独不见女主人。

又过了几天，女主人终于回来了，她的脸色十分苍白。原来，前几天她突遭疾病，在医院住了一阵子。

女主人抚摸着珍妮妮猫："唉，医生说我身体弱，吃的食物含有太多有害物质！"

说来奇怪，女主人话音刚落，珍妮妮就突然浑身抽搐，口吐白沫。女主人赶忙喊来男主人,两个人带着珍妮妮驱车前往县城的宠物诊所。

"一定是吃了不合格的猫粮,现在有很多猫粮都含有有害物质,再加上你家的猫身体娇弱……"宠物医生如此说道。

第三十四只猫

CAT
国王猫

这是你的家，

也是猫的国。

猫很小很小的时候就来到了这个国家,那个时候,他还没有断奶。

但是,猫非常幸运,他吃到了别的猫没吃过的狗奶,并且有资格睡人的床。

当他长大后,他突然意识到,自己很可能是这个国家的国王。

因为,只要他喵喵叫,就会有人给他喂东西。

"如果我不是国王,那么谁会是国王呢?"猫听到"咚"的一声,看见主人给狗扔了一块硬骨头后这样想着。

"不可能是狗,他们对狗一点都不尊重!"

猫拉的屎和尿,还有专人清理。

"如果我不是国王,那么谁会是国王呢?"猫看着周围的大人和小孩,懒洋洋地闭上了眼睛,尾巴摆来摆去,十分悠闲。

"不可能是老头、老太太,也不可能是中年男子或中年女子,更不可能是那个小男孩或小女孩,他们去厕所可没有这么好的待遇,他们至少得自己冲马桶!"猫把这个国家的所有人类都排除了。

他想要被抚摸的时候,就会有人抚摸他,认认真真地给他梳理毛发。

"我一定是这个国家的国王!"猫迈着稳健的步伐,骄傲地昂起了头,望着匆忙工作的男人和女人。"他们都是为我服务的!"

有一天，有人还给猫选好了王后——一只漂亮的大白猫。

"我没说错吧，我就是国王！"

猫渐渐地老了，他每天只想一件事：下辈子还要做一只猫！

"下辈子我不做国王，谁做国王呢？"猫望着他的子民们。虽然只有六个人，在旁人眼里只不过是个小家庭，在他眼里却是个大国家！

第三十五只猫
让人汗颜的猫

看似冠冕堂皇的理论，
实则漏洞百出。
理论对不对，
用两只猫来检验一下。

一个自认为学识渊博的人来到一个农户家。他看到这家人养了两只猫，就摇了摇头。

"千万不要养两只猫！"

老农听了很吃惊，以为养两只猫会给自己带来灾祸，就慌忙问道："为什么？"

"因为两只猫不捉老鼠。"

"哦？"老农的嘴巴成了"O"形。

"想想看，你有什么办法让两只猫明确责任？没有吧！那么到底由谁来捉老鼠呢？说不清！两只猫都想着对方会去捉，结果谁也没去捉。"

学识渊博的人说起来头头是道，一席话让老农哑口无言。

晚上，这个学识渊博的人在老农家借宿，睡到半夜，他看到一只白猫嘴里噙着一只黑乎乎的东西。他赶忙打开手电筒，一束光照过去，他看清了，猫嘴里噙着一只大老鼠。

他大吃一惊，躺在床上久久不能入眠。

又过了一会儿，他感觉床下有动静，赶忙起身，拿手电筒去照。

只听得"呜呜呜"的恐吓声，一只黑猫按着老鼠正在撕咬，它看到别人偷看，以为是要来抢食物，这才发出"呜呜呜"的声音。

第二天，这个学识渊博的人起得很早，没吃早饭就离开了农户家。

原来，白猫是黑猫的妈妈，白猫只要抓到老鼠，就送给自己的孩子吃。

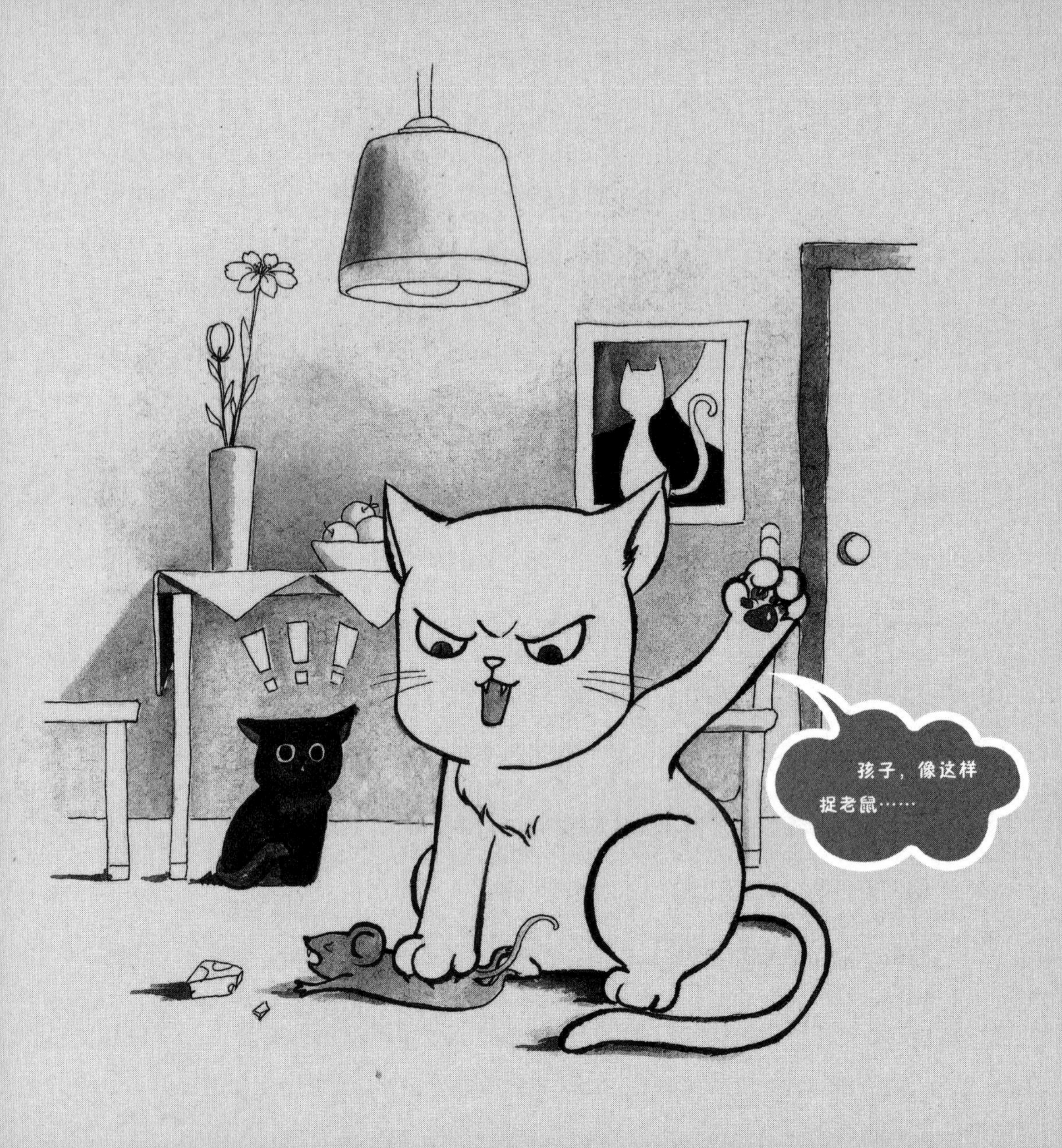
孩子，像这样捉老鼠……

第三十六只猫

CAT
被绳子钓来的猫

美味引来鱼，
好奇害死猫。

小光家的猫又躲起来了,小光很恼火:"它是故意躲着我的!"

这天,恰好爸爸把爷爷从乡下接了过来,小光向爷爷求助。

"它一般会躲在哪里?"爷爷问。

"床底下,柜子上,随便一个犄角旮旯。"

爷爷突然转移话题,问小光:"爸爸带你钓过鱼吗?"

"爸爸带我看过别人钓鱼。"

"鱼发现诱饵就会上钩,如果你肯给猫诱饵,猫也会上钩的。"爷爷说。

"那猫的嘴巴岂不是要被钩子划伤了?"小光反问道。

"哈哈,"爷爷笑了笑,"我只是打个比方,并不是真的用鱼钩来钓猫。"

"我明白了,你想让我用鱼来钓猫。"

爷爷摇了摇头,说道:"你给我找一根竹竿,再找一根布条,我就能把你的猫钓上来,保证不伤到你的猫。"

小光听了半信半疑,但他还是按照爷爷的要求找来竹竿和布条。

只见爷爷把布条拴在竹竿上,然后坐在椅子上,摆出一副钓鱼的姿势。

"我很快就能把你的猫钓上来。"

小光依旧半信半疑。"布条上又没拴老鼠，也没拴鱼，猫儿会上钩吗？"

只见爷爷晃动竹竿，布条在地上抖动。过了不到一分钟，猫果然一蹦一跳地出来了。它抓着布条，咬来咬去。

小光看到此情此景，赶忙跑过去，一把按住猫，将猫抱在怀里。

"爷爷，为什么一根竹竿、一根布条，就能把猫钓上来？"

"没发现吗？因为猫贪玩呀，我是用'玩'把猫给钓上钩的！"爷爷笑呵呵地说。

第三十七只猫

爱吃零食的猫

为吃零食想了一个好方法,
但终究害了自己的健康。

猫弟弟非常爱吃零食,可是他的爸爸和妈妈都不允许,只要发现他吃零食,就会对他进行批评和说教。

猫弟弟有些怕了。这天上午,当一盒蛋糕出现在他面前时,他忍住了口水。

但是第二天,当哥哥从亲戚家回来时,猫弟弟把哥哥拉过来问:"你想吃蛋糕吗?"

"我不想,我在舅舅家吃得很饱了。"

猫弟弟有些失落。"好吧,等你想吃蛋糕时一定告诉我。"

两个小时过去后,猫哥哥拍了拍猫弟弟:"弟弟,我想吃蛋糕了。"

"好嘞!"猫弟弟两眼放光,他拉着猫哥哥指着冰箱说:"冰箱的第一层就是蛋糕,你想吃的话,看着办吧!"

"看着办？什么叫看着办？"猫哥哥思索着，想起了爸爸的教导："有什么好东西，记得和弟弟分享，弟弟也一样，有什么好东西，记得和哥哥分享。"

"就是你吃的时候不要叫上我，我可不吃，你想吃的话，你自己决定吧！"猫弟弟说。

猫哥哥看了看猫弟弟，觉得猫弟弟是故意在和自己闹情绪。"别闹了，听哥哥的，等我拿出来，你也尝尝吧！"

"我不吃！"

猫哥哥摸了摸肚子，打开冰箱说："我得赶紧拿出来，我是真饿了！"

猫弟弟的眼睛直勾勾地看着取出来的蛋糕，但是嘴上却依旧说道："蛋糕虽好，但我不吃。"

猫哥哥咬了一口蛋糕，发现真的很美味。他又想起了妈妈的教导："有什么好吃的，记得互相礼让，哥哥要给弟弟吃，弟弟也要给哥哥品尝。"

猫哥哥想到这里，就拿起一块蛋糕塞给猫弟弟说："弟弟拿好，快吃！"

"我不吃。"

"听话，拿好，赶快吃！"

猫弟弟再三推让，让着让着手就软了。他笑了笑："好吧，那我就吃了啊！"

"快吃吧，吃完后我再给你拿新的。"

晚上，爸爸妈妈回来了。他们听说猫哥哥吃蛋糕的时候，给弟弟分了一半，不仅没有批评兄弟俩当中的任何一个，还表扬了哥哥，说猫哥哥懂得疼爱弟弟，为弟弟树立了好榜样。

猫弟弟虽然没有得到表扬，但是吃了零食却没有受到批评，心里也偷着乐呢！

猫弟弟的小聪明获得了成功。

这天，桌子上摆了一包虾条，猫弟弟馋得直流口水。他找到哥哥说："你是不是很想吃虾条呢？"

"没有呀，我不饿。"

猫弟弟把那包虾条拿到哥哥面前："虾条的味道你还记得吗？"

"弟弟，你是不是又想吃零食了？妈妈上次虽然表扬了我，但是同时也提醒我，不要吃太多零食。"

猫弟弟听了，知道自己的计划要落空了，却赶上爸爸下班回来。

他立刻迎上去，拿着那包虾条说："爸爸，你一定饿了，吃虾条吧！"

爸爸本来不想吃，可是看到儿子这么孝顺，竟然立即把虾条的袋子打开，象征性地吃了两根，说道："剩下的你拿去吃吧！"

爸爸刚说完，突然觉得自己的话有点不对，可是说出去的话又没办法收回来。

猫弟弟的小聪明再次获得成功。这之后，他又想出了一个又一个吃零食却不被大人批评的主意，并且都得逞了。

然而，终于有一天，猫弟弟得病了，病得很严重，连说话的力气都没有。

爸爸妈妈把他送到医院一检查，医生叹了口气："又是一个营养不良的孩子，肯定是饮食不规律，零食吃多了。"

第三十八只猫

CAT

冒失鬼猫

表面冒失,
实则能为主人带来幸运,
这样的猫我想多养几只。

冒失鬼猫是小姑娘阿兰在舅舅家玩的时候得到的。阿兰去看望舅舅，没想到自己随身携带的蟋蟀被舅舅家的猫吃了，阿兰哭得很伤心。

舅舅安慰阿兰说："别哭了，阿兰。都怪这只猫太冒失，不过它大部分时间还是很可爱的，送给你当作宠物，怎么样？"

阿兰听了，看了看猫，又看了看舅舅："真的吗？要把猫送给我？"

"真的，等你回家的时候，就带走吧！"

阿兰当即破涕为笑，对猫一点怨恨都没了。

"冒失鬼，冒失鬼！"阿兰带着冒失鬼猫在马路上散步，走着走着，冒失鬼猫就把小主人给绊了一跤。

阿兰跌倒在地上，一辆汽车从她的身边呼啸而过。

"天呐，如果冒失鬼不把我绊倒，汽车就撞到我了！"

小主人重重地奖赏了冒失鬼猫，用自己的零花钱给冒失鬼猫买了一条鱼。

一天，阿兰又带着冒失鬼猫出去散步，冒失鬼猫迎面看到了一个小伙子牵着一条狗。

冒失鬼猫毫不犹豫地冲了上去，举起一只前爪在小狗面前挥舞着，还发出"咻咻"的声音。那条小狗吓坏了，急忙挣开了绳子，一溜烟跑得无影无踪。

"对不起，对不起，我帮你找狗！"阿兰脸色铁青，连连道歉。

但是接连找了三天，都没有找到失踪的狗。

"我把猫赔给你，可以吗？"

"我的狗可是很名贵的狗！"

"我的猫也不赖,它虽然有点冒失,可是它的冒失救过我的命。我已经是忍痛割爱了!"阿兰说。

小伙子一听,觉得这只猫可能真的与众不同,就答应了。

小伙子抱着猫回家,猫和往常一样,经常做出冒失的事情,比如把杯子撞倒,把沙发抓几个大洞。

"虽然它有些冒失,但是毕竟它与众不同!"小伙子抚摸着猫,安慰自己说。

有一天,小伙子抱着猫,刚要进屋,猫却撒腿就跑,还东躲西藏。小伙子跟在后面紧追不舍,累得气喘吁吁。

追着追着,突然地动山摇,发生了地震,小伙子的家变成了一片废墟。

"果然是只能救人的猫,虽然有些冒失!"小伙子喘着粗气,自言自语地说。

第三十九只猫

天下第一大雅猫

一味地指责他人，

就是一种不雅的行为。

有一只猫见了什么都说俗,他认为自己高雅脱俗,就以"雅"作为自己的名字。

"都什么年代了,还打呼噜,俗!"雅猫指责一只蹲在石板上的猫。

"我打呼噜解闷不行吗?"

"当然可以,但是太俗了!"说完,雅猫就昂着头挺着胸走开了。打呼噜的猫被雅猫的气势给镇住了,停止了打呼噜,反反复复思考着自己的行为是否真的俗。

"都什么年代了,还有猫爬树,俗!"路过小树林时,雅猫看到一只趴在杨树树枝上的猫,批评说。

那只猫听了批评,十分纳闷,赶忙从树上跳了下来:"难道我已经赶不上潮流了？那我该爬人类的电线杆吗？"

雅猫没有回答他，依旧自信满满地向前走着。

"都什么年代了，还有猫吃血腥的食物，俗！"雅猫路过一堆干柴的时候，看到干柴旁边有一只正在吃耗子的猫，再次发表了这与众不同的观点。

那只猫立刻松了嘴巴，开始怀疑起自己。"难道我已经落伍了吗？那我该吃啥呢？"

雅猫没有回答他，继续高昂着头，大踏步向前走着。

"都什么年代了……"雅猫正要发表自己的高见，却看清楚屋檐下蹲着的并不是一只猫，而是一只石狮子。他溜过去，一边在石狮子上蹭痒痒，一边呼噜呼噜地给自己解闷。"反正四周没有人!"

蹭完痒痒,打完呼噜,雅猫继续往前走。走着走着,一道墙挡住了他的去路。

雅猫左顾右盼,看到左边不远处有一棵大槐树就依在墙边,它的不少枝干伸出了墙外。雅猫很兴奋,赶紧跑了过去。

周围静悄悄的,一个人都没有。雅猫纵身一跃,以迅雷不及掩耳之势爬到了树上,又从树上跳到了墙头,然后沿着墙头走啊走啊,走到了另一棵树前。这是墙外的一株大桐树,它的枝干搭在了墙头上。

雅猫沿着桐树爬了下去。真是无巧不成书,一只老鼠正在桐树下觅食,恰好撞到了雅猫身上,被雅猫一把抓住。

雅猫乐坏了。他抓紧老鼠,钻到了桐树根部的洞穴里,偷偷地吃了起来。

"嘿嘿,反正别人看不到。"

第四十只猫

CAT

土豪猫

一个人无论伪装得多么细致，
总会露出马脚。

大猫阿福的主人非常富有,他的钱塞得哪里都是。衣柜内、书柜中、床底下、抽屉里,都可以看到钱的影子。

阿福知道钱可以买到好多东西,比如:小白鼠、金鱼、八哥,这三样小动物都是阿福想得到的。不过,别人得到它们是想养起来作宠物,阿福则是想换换口味。

这天,主人刚出门,阿福就从衣柜取走了一沓钱,赶往离他家最近的宠物店。

"老板,这只小白鼠,这尾金鱼,还有这只八哥,全都卖给我吧!"阿福依次指着自己想要的小宠物说。

老板上下打量着他,然后说道:"大猫先生,如果你想买走我家的松狮,我将非常乐意为你效劳。"

"不不不，只有这三个小家伙符合我的口味。"大猫说。

"天啊，这三个小家伙非常可爱，如果你买去就把它们吃掉，我心里会很难受！"

"你开宠物店不就是为了钱吗？用它们换了钱你还难受什么？"大猫问。

"君子爱财，取之有道，我再喜欢钱，也要为宠物们的安危着想！"

"什么道不道的，我听不懂！快接着钱，我要拿走属于我的小白鼠、金鱼和八哥。"大猫迫不及待地要把钱塞给店老板。

店老板连连拒绝，并发出了最后警告："请离开我的店，否则别怪我不客气了！"

大猫很无奈，抱着钱灰溜溜地走了。

他一边走，一边思考着对策。刚回到家，他就想到了一个好主意。

大猫打开男主人的衣柜，穿上他的衣服，戴上他的帽子，用腰带把尾巴束在了背上，然后穿上了他的鞋子。大猫又翻开女主人的化妆盒，找到了她的面膜，贴在了自己的脸上，还在上面抹了许多乳液和胭脂。

最后，虽然这相貌看上去不男不女，但是大猫觉得镜子里的自己已经很像一个人了。于是，大猫又来到了那家宠物店。

"这只小老鼠可以卖给我吗？"大猫蹲在笼子前，轻柔地问道。

"当然可以了，您……"老板正高兴，突然觉察到这位顾客背后的衣服被什么东西撑起来了。原来大猫的尾巴虽然束在背上，但是尾巴梢依然能够上下动弹。老板觉得很奇怪，又想起来他的声音和那只大猫太相似。于是，他转身从抽屉里取了一只球。

"先生，您看这是什么？"老板把球扔在地上，球弹来弹去，店里所有宠物的目光都跟着球上下起伏。

大猫突然来劲了,他一蹦一跳,一把抓住了球。

这时,老板的脸色一下子就变了。他把球从大猫的手里抢回来:"原来是你!快从我的店离开,否则别怪我不客气了!"

大猫很无奈,夹着尾巴灰溜溜地离开了。

大猫依然不甘心,他一回到家,就想到了另一个办法。这次,他装扮成了一个小姑娘。

"你家的小鱼真可爱,能送我一条吗?"大猫学着自家小主人,用温婉可爱的女孩的声音说。

"呵呵,小朋友,不可以哦!你肯定买得起,你有零花钱,对吧?"

大猫听到这里,赶忙掏出了一沓钱,在店老板面前一晃。这可惊呆了老板,因为这沓钱少说也有两万。

老板仔细打量了"女孩"的后背,发现还是有鼓鼓的东西在动弹。

"小朋友,你看这是什么?"老板故伎重施,又把球扔在地上。

但是,这一次无论球弹得有多高,有多远,大猫都忍住没看,他正在努力控制着自己。

"好吧,也许我的怀疑是多余的。"老板暗暗地想,他拿起一把小鱼网,打算把那条金鱼从鱼缸里捞出来。

在他打捞的过程中,有几滴水溅到了大猫的胳膊上,大猫赶忙甩了甩,然后拿舌头去舔。他一点都不想碰到水,除非他渴了。他的这一系列动作再次暴露了自己的身份。

"出去吧,快从我的店离开,否则别怪我不客气了!"店老板开始生气了。

又失败了,大猫很沮丧,但是他依旧不甘心。他迅速调整了自己的状态,再次来到宠物店。这次,他仿照男主人父亲的模样打扮成了一个小老头。

"我年纪大了,没有人陪我说说话,只有八哥能陪我聊天,我最喜欢八哥了!"大猫慢吞吞地讲着,中间还咳嗽了几声,把笼子里的八哥吓得后退了两步。

"是的,这只八哥已经能说好多话了呢,比如,'你好''谢谢''再见'。如果您再训练它,还能说更多的话!"

"哎呦,这么说,我的福气还真不小呢!这只八哥带笼子一共多少钱?我买了!"大猫说。

"您是贵客啊,一眼就看出它的好了,我给您打八折,原价是三千,打折后二千四,您是刷卡还是支付现金呢?"

大猫掏出了一沓钱,然后慢吞吞地说道:"我老眼昏花,看不清楚这有多少钱，你帮我数数，多余的还给我！"

老板接过钱就数了起来，多余的钱，分文不少还给了大猫。

终于要成功了，大猫的心激动得怦怦直跳。

他提着笼子正要往外走，突然，宠物店的松狮叫了一声："汪！"松狮是在提醒主人，有人提着自家的东西要走，想让主人确认无误。

大猫听到这一声狗叫，吓得魂飞魄散，浑身的毛都竖了起来。笼子跌落在地上，滚来滚去。

老板一眼就明白是怎么回事了。他抄起了店里的扫把："快走开,快走开！"

"那你还我钱！"

老板把钱扔出了门外："捡起你的钱，永远不要再来了！"

第四十一只猫

CAT

有塑像的猫

本以为是崇拜猫才做了塑像,
没想到只是为了做买卖。

一只猫在街上看到了和自己一模一样的石膏像,向狗炫耀了起来。

"没想到,我是人类崇拜的偶像!"

"啥?你说啥?"

"人类特别崇拜我,给我做了塑像!"猫说。

"给你塑像就是崇拜你吗?"狗问。

"那当然了,你知道吗,那个塑像十分庄重,非常伟大!"猫用爪子比画着说。

狗依然有点不屑。猫按捺不住内心的火热,拉着狗说:"你跟我去看看吧!"

狗不大情愿,但是猫却硬拉着狗的尾巴,狗只得同意和他一起去看看。

他们又来到了那条街,猫指着前面说:"就在第二个十字路口,那里有

人类特别崇拜我,给我做了塑像!

个摊位，摆着猫的塑像。"

离猫所说的摊位越来越近了，但是猫明显有点不自在了，因为那个摊位原本只摆了一个塑像，现在却有一排排一列列。

等走近了，他们清晰地看到了这些塑像的样子，有猫，有狗，还有狮子、老虎、大象、企鹅、孔雀……

这些塑像十分精美，狗看得两眼发直，猫却拉着狗的尾巴说："咱们快走吧，快走吧，快闭上眼别看了！"

第四十二只猫

受不了夸奖的猫

威逼利诱,

竟不如一句奉承话。

猫捉到了一只老鼠。老鼠挣扎着,不停地呼喊着:"救命啊,救命啊!"

"有用吗?"猫把老鼠噙在嘴里面,说话时鼻音很重。

"你不能吃我,我刚吃了老鼠药!"

"哦,吃了老鼠药你的病不就好了吗?"猫说。

"老鼠药可不是治病的,是毒药!我中毒了,我中毒了,你懂吗?"

"哈哈哈,别拿这老套的谎言骗我,我才不信!"

"真的,真的!那你吃了我吧,反正我吃了老鼠药太难受了,早就不想活了!"

"哈哈哈,对,我就是要吃你!"

老鼠发现这个老套的谎言果然不管用了,于是又想了一招。

"你知道吗,我也是主人的宠物,你吃了我,主人肯定会揍你!"老鼠恶狠狠地威胁说。

"我才不怕呢，主人敢揍我，我就挠他，咬他！"猫也恶狠狠地说。

老鼠发现这一招也不管用，于是又想了另外一个办法。

老鼠："我的洞穴里，还有很多好吃的，你肯定没吃过！"

猫："什么东西都没有老鼠肉好吃！"

老鼠："有！"

猫："没有！"

老鼠："鸡翅，鱼干，猪蹄，都比我好吃，我在家里储存了好多呢！"

猫："别跟我耍花招了，我把你放回洞穴，你就不会再出来了！"

老鼠的招数连连被猫识破，急得汗如雨下。不过，他眼珠子一转，又想了一个主意。

"难道你愿意吃一个崇拜你的人？"

"什么，你崇拜我？"

猫听到这里,有点心动了。

老鼠回答:"是啊,你是我最崇拜的偶像!"

猫问:"你崇拜我什么?"

"我崇拜你的眼睛,崇拜你的胡须,崇拜你的爪子,崇拜你的尾巴!"

猫一言不发,只听老鼠继续说下去:"你的眼睛炯炯有神,犹如天上的星星明亮迷人!你的利爪快如闪电,挥舞过去胜过子弹。你的尾巴摇来摇去,精神抖擞世界一流。"

"呼噜,呼噜,呼噜……"猫的嘴巴松了,就地呼呼大睡起来,进入了甜美的梦乡。老鼠头都不敢回,拔腿就跑。

过了好一会儿,猫才醒来:"刚才,我梦到了世界上最棒的老鼠,唉,希望下次做梦时还能梦到他!"

第四十三只猫

把主人准时吵醒的猫

同样一件事，
时机决定了成败。

"乒乒乓乓……"半夜里,大白猫在主人的卧室里捉起了老鼠。主人十分生气,从床边摸起一瓶眼药水向猫扔过去,希望他能安静下来。

猫不知道主人扔眼药水瓶的意思,以为是催促他赶快把老鼠捉住,于是更加努力。

这一努力,卧室内更加热闹了。

"乒乒乓乓,乒乒乓乓……"

主人更加生气了,从床下摸出一只拖鞋来,朝着模糊的白影子扔了过去。

"快滚开!"

主人骂了一句后就蒙上被子,希望尽快重新入眠。

大白猫这一次终于明白主人的意图了,主人希望自己快点离开这间屋子。

第二天清晨,猫躲在门后面,独自暗暗悲伤。

大黄狗见了,问明了事情的经过,给猫出了一个主意。

"半夜里千万不要进卧室,但是天刚一亮,你就进屋捉老鼠,主人肯定会表扬你!"

"真的吗?"

"真的!"

"也许主人想睡懒觉呢?我岂不是把他给吵醒了?"

"你就按我说的做吧!"

大白猫接受了大黄狗的意见。第二天,天刚一亮,猫就进屋捉老鼠。

"乒乒乓乓,乒乒乓乓……"

主人被这声音惊醒了,他赶忙爬起来,穿上衣服。

"幸亏猫抓老鼠,把我惊醒了,要不然今天还得迟到!"

主人下班后,特意奖励了大白猫一条鱼。

接下来的一个星期,大白猫都按照大黄狗的说法去做,每一天都得到了主人的表扬。

这天,主人上班之后,大白猫去答谢大黄狗,并向他请教了一个问题。

"主人不是有闹钟吗?"

"每次闹钟一响,他就把闹钟关了,所以他以前上班几乎天天迟到。现在你让他按时上班了,主人自然得感谢你喽!"

第四十四只猫

CAT
化解了一场战争的猫

再大的纷争，
都可以想象成猫尾巴旁的两只蚂蚁在打架。

在一座古老的村庄，有一个破旧的院子，院子里有一个土坑，土坑里有着数不尽的故事。

几天前，这里发生了一场战争，是两个蚂蚁王国为了争夺地盘而爆发的。

后来，这事不了了之，两个国家的蚂蚁照常会走进土坑巡逻。他们一旦相遇，战争还有可能爆发。

但是最近，有人住进了隔壁，并且养了一只猫。这只猫昨天从院墙翻了过来，发现了这块宝地。

今天，当太阳照进这座院子里，周围变得十分温馨的时候，猫又翻越院墙。

他径直走到了土坑里，然后躺进去，悠闲地晒着太阳，尾巴还不时地敲打着周围的土地。

"吧嗒，吧嗒。"尾巴敲打在土地上，敲中了一只蚂蚁，这是一个巡逻兵。

他被敲中后，吓得胆战心惊。

"是什么怪物？外星人吗？"他在地上停顿了一会儿，就赶忙加快了步伐，迅速离开了这里。

"吧嗒，吧嗒。"猫的尾巴继续敲打着土地，又敲中了一只蚂蚁，这是另一个蚂蚁王国的巡逻兵。

他被击中后，也吓了一大跳。

"有妖怪吗？真是吓死个人！"他在地上晕头晕脑地转了一圈，然后也迅速离开了。

如果不是这只猫，今天他们肯定会在土坑里相遇，并且会各自回国搬援兵，进行一场惨烈的战争。

　　但是今天,以及以后的日子里,他们都没敢在这里巡逻,因为这里成了猫的"行宫",猫经常来这里晒太阳,经常把蚂蚁巡逻兵吓个半死。

第四十五只猫

影子猫

为影子争吵,

到底值不值?

这天傍晚，路面的地灯刚亮，两只猫就蹿了出来。

"我总觉得自己的影子是只老虎！"一只猫说。他的影子经由地灯照射，映在一面墙上。

"我一直认为我的影子就是狮子！"另一只猫说。他的影子也被地灯映在了墙上。

"老虎厉害！"

"狮子厉害！"

"狮子没有老虎勇敢！"

"老虎没有狮子威猛！"

"老虎能打败狮子！"

"狮子能咬死老虎!"

"再说一句狮子厉害,我就咬烂你的耳朵!"

"再说一句老虎厉害,我就抓断你的尾巴!"

一只猫怒目圆睁,另一只猫火冒三丈。

"老虎最棒!"

"狮子最棒!"

"老虎是山林之王!"

"狮子是草原之王!"

"狮子再厉害,你也不是狮子!"

"老虎再厉害,你又不是老虎!"

他们争论来争论去，谁也没能说服谁。一只猫举起了自己的利爪，另一只猫露出自己尖锐的牙齿。

但是，两只猫的眼神却开始变得惊恐，他们眼睛的余光看到墙上有一个黑影，很像传说中的恐龙。

"嘘，好像恐龙更厉害一些！"

"那还不快跑！"

两只猫说完撒腿就跑。在地灯旁活动的老鼠不知道发生了什么，吓得一动不动，等了好一会儿才赶快溜走了。这个时候，墙上的恐龙影子也消失了。对，那是老鼠的影子。

第四十六只猫

玩游戏的猫

多少看似卓著的功勋,
可能也只是一场游戏。

"昨天,我一口气抓到了一百零五只老鼠!"一只白猫得意地说。

花猫听到这里吃了一惊,心中的钦佩之意立马升腾起来。

"不多不多,我前天抓了二百零六只呢!"一只黑猫不屑地说。

花猫简直要窒息了,世界上还有这样的捕鼠能手,她赶忙追上去。

"二位哥哥,你们是怎么抓到那么多老鼠的?"

白猫和黑猫头都没抬,依旧低着头看着前爪上的什么东西。哦,他们是在滑动手机屏幕。

白猫:"玩熟了就行,没什么窍门!"

黑猫:"对,熟能生巧,玩熟了就能抓那么多了!"

花猫恍然大悟,原来他们说的是手机游戏。

第四十七只猫

放过老鼠的猫

到嘴的老鼠,

若能变成精神食粮,

岂不是更好?

老鼠夹子夹住了一只老鼠。老鼠疯狂地呼救:"救命啊,救命啊!"

这时,一个黑影闪过,老鼠以为是自己的亲人或朋友来了,慌忙抬头张望。

可怕的是,亲人和朋友都没有来,来的是一只猫。

"快救救我吧!"老鼠犹豫了一下,还是向猫求救。

"救你?你难道不知道猫天生吃老鼠吗?"猫问。

"当然知道了,但我知道你是老鼠的朋友,你会救……"老鼠说。

"别乱说,我可不是你的朋友!"猫打断老鼠的话。

"呵呵,就算你不是我的朋友,我也是你的朋友。"老鼠说。

"此话怎讲?"

"你是一只富裕的猫,你最缺的肯定不是物质享受,而是精神娱乐,你需

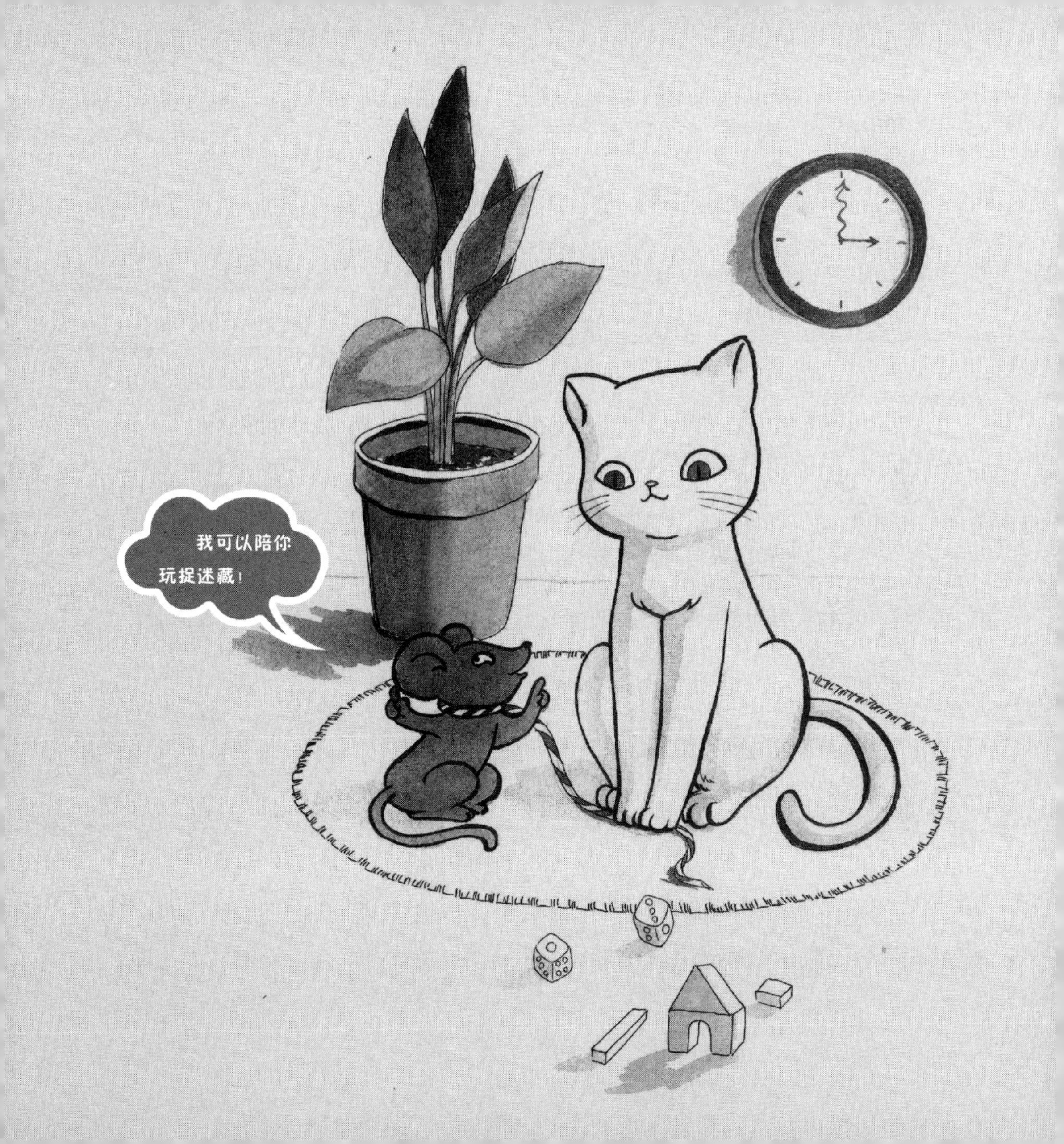
我可以陪你
玩捉迷藏！

要一个人陪你玩，陪你做游戏，我正好符合你的要求。"老鼠说。

"哦？"

"帮我把老鼠夹打开吧，我可以陪你玩捉迷藏！"

"好吧，你真是一只聪明的老鼠。我的的确确不吃老鼠，所以主人才放了老鼠夹。"猫一边用力掰开老鼠夹，一边夸赞老鼠。

猫和老鼠愉快地玩起了游戏。

第四十八只猫
CAT
爱闲谈的猫

连必要的沟通都没有,是无法把工作做好的!

主人看到猫和看门狗说话，十分生气。

"狗站在原地就能看大门，你和他说话的工夫，狗照样看大门，但是你的老鼠呢？给我抓到了吗？"

猫回答说："没有。"

主人把脸一黑，指着墙角说："给我站墙角去！"

猫想解释，但是又惧怕主人生气，只得憋住，一句话都不敢说。

第二天，猫在和看门狗说话的时候，又被主人抓住。主人依旧罚猫站墙角。

第三天，猫正在和看门狗说话，主人又来了。他刚想发火，猫就发疯一般地嘶叫说："狗看到了老鼠，我要打听老鼠的下落。你要是罚我站墙角，等我抓到了老鼠再说！"

这一次，主人终于放过了猫。几分钟后，猫就把老鼠给抓住了。

CAT

第四十九只猫

唯一体贴小主人的猫

和猫做朋友,
猫才会体贴你。

从前，有个国家的国王没有孩子。国王想从全国的孩子中挑选一个当作自己的继承人，就向每个孩子发了一只小猫。

国王发布公告说："三个月后，如果谁养的猫肯和自己的小主人一起愉快地玩耍，谁就可以做我的继承人，将来继承我的王位。"

约定的日子很快就到了。在一座大广场，孩子们排成了一条很长很长的队伍。有的孩子提着篮子，有的孩子推着小车，有的孩子抱着包被，不用说，篮子里、小车里、包被里都是猫。

国王在城楼上看到了这些孩子，十分高兴。他拿起了话筒，用厚重而又温和的声音对楼下广场上的孩子们说："孩子们，请把猫放出来吧，我想看着猫和你们一起玩耍！"

咦？真是奇怪啊，这些猫被放出来之后，立刻就跑得远远的，没有一只肯听话!

许多孩子为了让猫回到自己身边,不得不离开队伍,跟在猫的后面。

"快过来,小毛头!"

"快回来啊,小倩倩!"

"快听话,我的小猫咪,回到我的身边!"

那些猫听到小主人的召唤,跑得更远了。猫咪们都知道小主人喜欢欺负自己,捏耳朵,扯尾巴,哎呦,想想就难受。小主人们还用各种稀奇古怪的方式来捉弄猫,猫咪们才不要回到小主人的身边呢!广场上顿时乱作一团。

"亲爱的孩子们,请待在原地,不要走动,我将走到你们的身边,选出那位合格的继承人!"国王说。

孩子们很听话,都站在原地不动了。可是,他们都觉得自己没有指望了,因为自己的猫太不配合了。

只有一个穿红衣服的孩子,她的猫依旧依偎在她身边,还不时地蹭她的腿。

国王在城楼上,早就用望远镜把这个孩子和她身边的猫看得一清二楚。因此,当他发表完讲话走下城楼的时候,完全是径直向她走来的。

近了,更近了,那些被国王甩在身后的孩子一个个变得沮丧起来,而一些离国王越来越近的孩子则屏住了呼吸。最后,答案揭晓,国王走到了穿红衣服的孩子身边。

只见国王先是蹲在地上抚摸了她的猫,又站起来拉起了她的手:"孩子,猫可不是那么好养的,必须要有足够的爱心才能和它建立起良好的关系。看得出来,你对它很用心。你将来做了国王,也会尽心尽力呵护全国的子民,对吗?"

"嗯!"女孩点了点头。

第五十只猫

善解人意的猫

猫会安慰人吗?

猫会鼓励人吗?

积极的心理暗示,

好过消极的想法。

小宝伤心透顶，今天又被大人批评了。

他拉开门，走出屋外。

小宝一个人坐在楼道里，泪水夺眶而出。

他的眼泪滴在了腿上，滴在了楼梯上，滴在了灰尘中。

这一滴是埋怨，这一滴是委屈，这一滴是悔恨。

小宝突然感觉到身后有人在摸自己，连忙回头看，不是爸爸，也不是妈妈，而是自家的猫。

小宝不想搭理猫，继续流着泪水，猫则在他身后不停地蹭呀蹭呀。

"她知道我有多伤心吗？"

猫还在背后不停地蹭呀蹭呀。

"她在安慰我吗？"

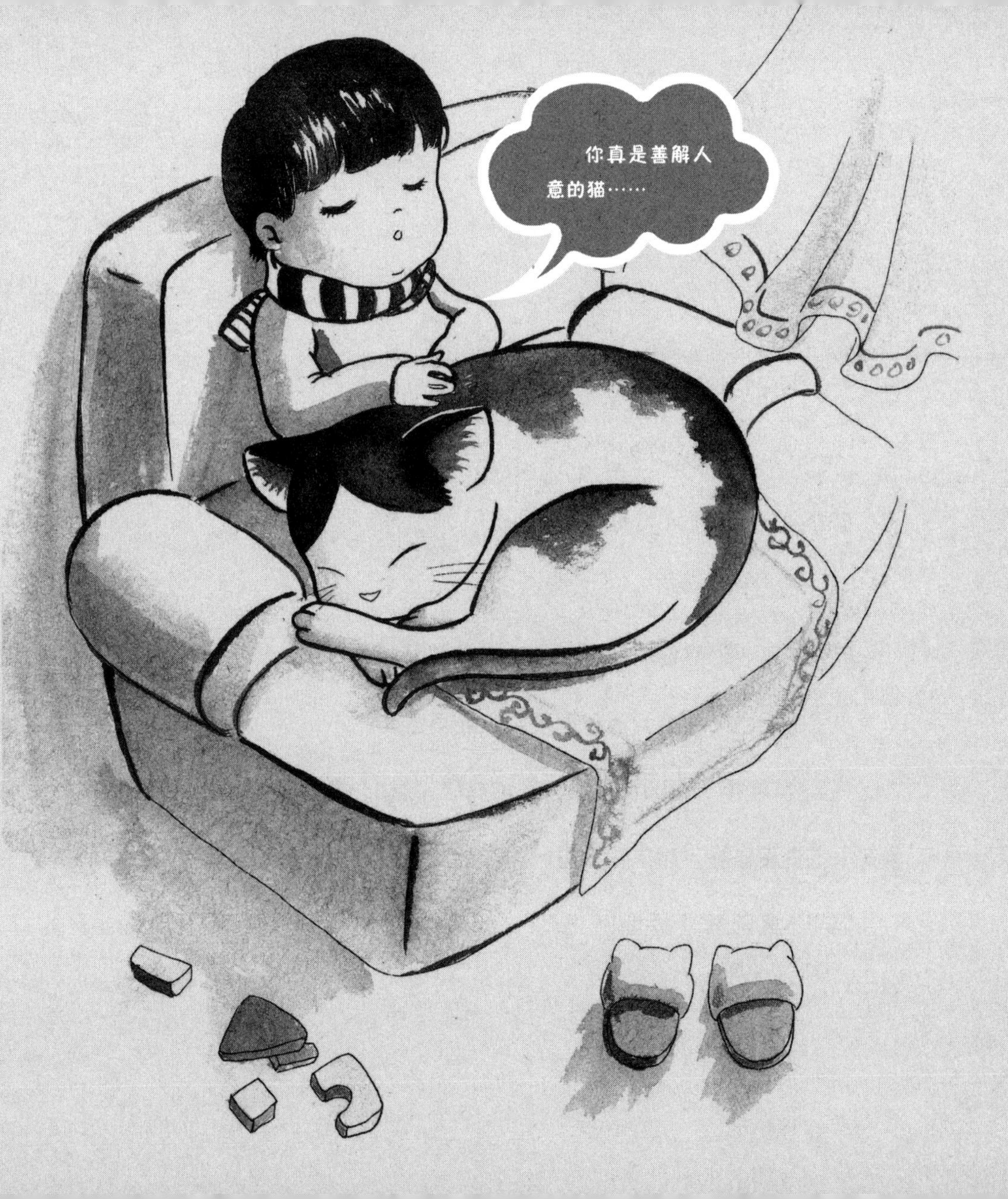
你真是善解人
意的猫……

猫依旧在他背后不停地蹭呀蹭呀。

"她不想看到我这样?"

猫继续在他背后不停地蹭呀蹭呀。

"她希望我坚强?"

猫很执着,仍然在他背后不停地蹭呀蹭呀。

小宝的泪水渐渐地少了,只是眼眶还有些红。

"猫这样懂事,我却不懂事,经常捣蛋,惹大人生气。算了,想开了!"

小宝抱着猫站了起来,走进门,像什么都没发生一样。

猫却不大乐意,因为昨天她和一只流浪猫玩耍,有几只跳蚤蹦到她身上了,真痒,痒痒痒!

第五十一只猫

CAT
吃老虎的猫

猫能把老虎吃掉,
你信吗?
这是朋友告诉我的!

"不好了,不好了,山林里有只大老虎!"猴子一边跑一边说。

"别担心,我知道一个人,肯定能制服老虎!"狗熊安慰猴子,然后就拉着猴子去找能制服老虎的人。

在一堆柴禾上,猫正在贪婪地晒太阳。狗熊指着猫说:"能制服老虎的就是猫!"

猴子连连摇头:"怎么可能?它那么弱小,老虎那么强大!"

"真的,是我的好朋友说的。去年冬天,猫在冰窟窿里吃掉了老虎,他不会骗我的!"狗熊坚定地说。

猫被两个人的争论声吵醒了,赶忙爬起来,然后跳到狗熊身边说:"是你哪个朋友说的,我们一起找到他,问个究竟吧!"

狗熊说:"就是我的好朋友毛驴说的,他虽然倔强,但是从不说谎,你能制服老虎对吧?"

猫往前跳了一步,说:"跟我一起找毛驴,我想知道我是怎么吃掉老虎的!"

狗熊和猴子一头雾水。他们不知道毛驴的话错在哪里,只好跟在猫身后。

毛驴正在斜坡上使劲儿拉车,正愁没人帮忙,看到猫、狗熊和猴子走过来,立马来了劲儿。

"快帮我一把!"

狗熊和猴子赶紧一边一个推着车,只有猫一跃而上,跳到了驴背上,质问道:"谁告诉你我吃过老虎的?"

毛驴紧绷着嘴唇,把车拉过了斜坡,这才回答说:"猫老弟,是我的好朋友小马说的啊!"

猫问道:"他会不会是在骗你?"

毛驴摇晃着长耳朵:"不会的,他和我是好朋友,不会骗我的!他亲口告诉我,去年冬天,猫躲在胡同里吃掉了老虎!"

狗熊说:"不对,是在冰窟窿里,你亲口告诉我的!"

毛驴摇头:"你一定是听错了,我说的是胡同里。"

猫顿了顿足:"够了,咱们去找小马把话说清楚吧!"

于是,他们来到了马棚下。小马正在吃草料,看到众人来了,客气地招呼说:"来来来,随便吃,随便吃!"

毛驴看了看草料,有点动心,但是猫咪却跳到小马面前,大声质问道:"是你说我去年冬天躲在胡同里吃掉老虎的吗?"

"啥?我说过类似的话,但我说的是去年夏天啊!"

"别管是冬天还是夏天,那都不重要,关键是我是怎么吃掉老虎的?"猫问。

"这得问我的大哥哥狗蛋了!"小马说,"是他告诉我,说你去年夏天躲在胡同里吃掉了老虎!"

"不对,不对,明明是冬天呀,我记得一清二楚!"毛驴说。

小马晃晃脑袋:"不不不,狗蛋是我的好哥们儿,他说的是去年夏天!"

狗蛋当然不是鸡鸭鹅,也不是马牛羊,而是一只小狗。

大家都想弄明白这是怎么回事,于是又一起来到了一座大门前。

别看狗蛋身材小,但是看门很在行。他早就发觉有一伙人正往这里走,因此他的目光聚焦在某个移动的点上。当一行人终于露出一个面孔时,他"汪"了一声,但没有叫第二声,因为他看到的是小马的面孔。

"狗蛋,你是不是说过,去年夏天,猫躲在胡同里吃掉了老虎?"小马不等猫发问,就抢先说话。

"啥?"

"去年夏天,猫躲在胡同里吃掉老虎的事,你还记得吗?是你告诉我的!"小马急了。

"猫那么柔弱,老虎那么强壮,他咋吃得了呢?"

"不是,那你为什么告诉我他吃……为什么……"小马的话开始有点语无伦次了。

"去年夏天,我的确看到猫抓到一只老鼠,躲到胡同里吃掉了,但是没看到他吃老虎!"狗蛋转而又和猫说:"猫老弟,你天天吃老鼠,也许不记得了吧,但我是第一次见,所以才告诉小马!"

大家愣了一会儿,然后你看看我,我瞧瞧你,都笑了,他们的笑声很快被一阵急促的跑步声掩盖。

原来是小牛跑过来了。猴子见了,脸色变得十分苍白。

"是有坏消息要说吧!"猴子猜测说。

"什么坏消息,是好消息啊!我的大叔在山对面留学,学了一身的本领,他马上要回来报效家乡了!"

猴子听了,支支吾吾不敢说一句话。刚才,也不知道是因为风大,还是因为小牛吐字不清,猴子愣是把"大叔"听成了"大虎"。

第五十二只猫

CAT
被狗指挥的猫

走自己的路，

让外人去说吧，

毕竟他们是不懂装懂的外行！

傍晚，院子里一片寂静，一只猫已经蹲在地上等待了半个小时。

这个时候，一只黑狗走了进来。他看到了猫，凑了过去："你在干啥？"

"嘘！"猫让黑狗安静下来，然后又换了一个地方，依旧蹲下来。

黑狗明白了，猫在等老鼠出现。于是，他也卧倒在地，准备看看热闹。

又过去了十多分钟，老鼠终于鬼鬼祟祟地出来了，沿着墙根悄悄地往前爬。

"快上啊，快上啊！"猫凝视着老鼠，一直压低身子，随时准备出击，但是黑狗在一旁忍不住了。

猫本来并没有打算立刻蹿上去。根据他的经验，现在老鼠离他的距离还有点远。但是现在，老鼠听到了狗的叫声，如果他不行动的话，老鼠就会逃之夭夭了。

猫纵身一跃，就像离开炮筒的炮弹一样，落在了老鼠面前。

然而，老鼠也不是等闲之辈。它左突右窜，大有逃跑之势。

"抓左边，抓右边，看前面，断后路！"黑狗在一旁不停地指挥。

这些指挥和猫的思路完全不搭边。猫有自己的一套原则，但是黑狗的声音扰乱了猫的思路，他也不敢确信到底该先迈哪条腿才能把老鼠抓住。

最后，经过一阵紧张的抓咬之后，猫发现自己什么都没得到，除了一身的灰。

紧接着，猫还受到了黑狗的嘲笑和埋怨："真是笨到家了，为什么不按照我说的去做？"

"你抓到过几只老鼠？"猫问。

"愚蠢，真愚蠢！"黑狗还在骂着。

"你到底抓到过几只老鼠？"猫继续问。

"我又不负责抓老鼠！"黑狗说完就跑到院子门口，躺下来说，"我负责看大门。"

第五十三只猫

CAT

胸无大志的猫

不要轻易说别人胸无大志，
人家只是更踏实而已。

猫的课本上有一篇文章，讲述了很多伟大的人物。这些伟大的人物从小就有远大的志向。学完了这篇课文后，老师问小白猫的志向。还没等小白猫回答，一旁的小黑猫就抢答说："每天吃一只老鼠，吃饱了就睡觉，过无忧无虑的生活！"

小黑猫的话音刚落，同学们和老师都笑了。

这个时候，小白猫也想好了自己的答案："长大了要好好努力，把老鼠捉光，为人类做贡献！"

老师听了之后，满意地点了点头，又做了一番点评，正准备继续讲课，却被小黑猫打断了。

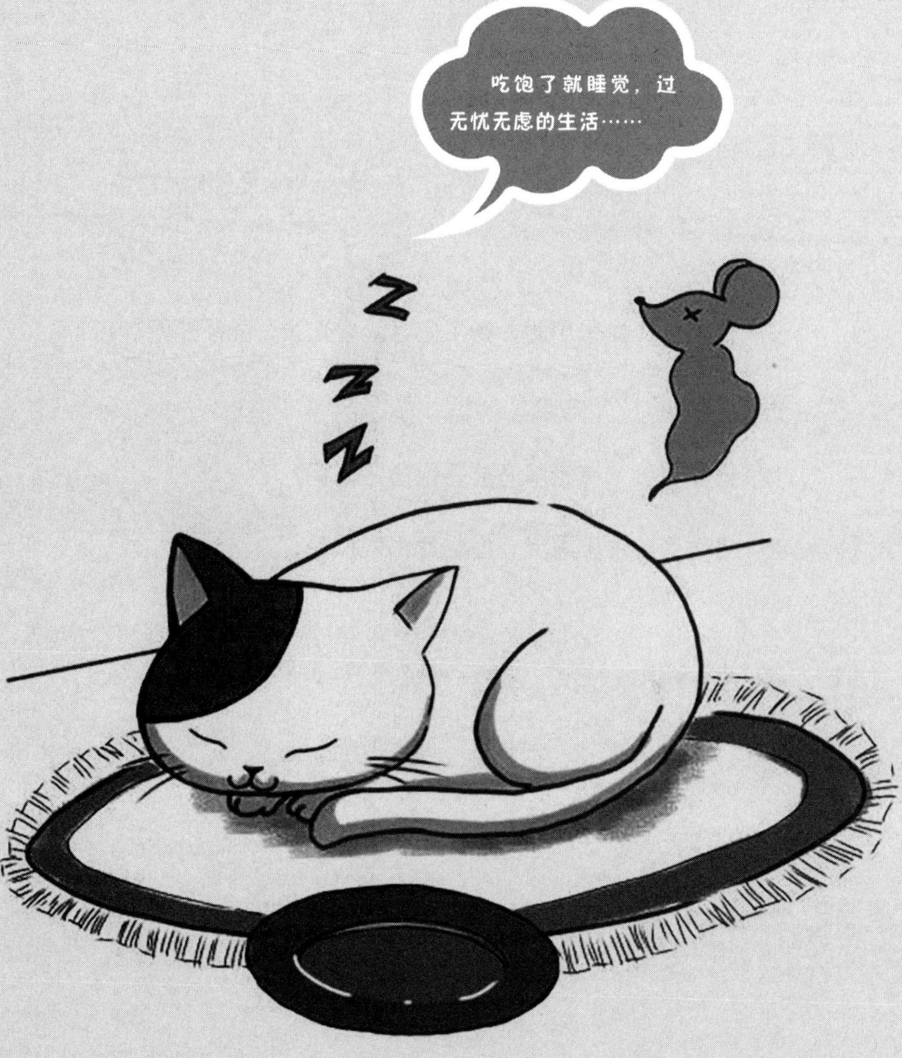
吃饱了就睡觉，过无忧无虑的生活……

小黑猫说:"我想知道,如果把老鼠捉光了,猫还能吃什么?"

"可以吃鱼啊!"老师说。

小黑猫又问:"是老鼠好捉还是鱼好捉呢?"

老师生气了,"小黑猫,你给我出去!"

第五十四只猫

CAT
甩尾巴的猫

评判一种行为是不是陋习，
到底谁说了算？

有一只猫，只要无聊就甩尾巴。

一个小男孩看到后，用手按住说："小傻猫，不要再甩尾巴了，这个习惯很不好！"

猫的尾巴尖依旧在动弹，小男孩又伸出另一只手，将尾巴尖也给按住了。

"小坏猫，故意要和主人作对吗？别甩尾巴了，这是陋习，要改掉，知道吗？"

猫想甩却甩不动了。

一天又一天过去了，猫都没有把甩尾巴的毛病改掉。

这天，小男孩看电视的时候，不停地笑啊笑。

"太好玩了，太好玩了！"

就喜欢舔尾巴,喵喵……

电视上，一只又一只猫咪甩尾巴的场面令人捧腹，配乐也十分有趣，让人看了之后也想跟着猫尾巴摇头晃脑了。

猫蹲在地上，终于可以纵情地甩尾巴了。突然，小主人又责怪说："别总用舌头舔你的毛，多不卫生啊，这是陋习，得改！"

今后，每当小主人看电视的时候，猫都巴望着屏幕上能出现一群舔毛的猫。

第五十五只猫

拒绝鱼竿的猫

CAT

一条鱼和一根鱼竿,
只能选一样,
你会怎么选?

一只猫帮人抓住了老鼠，人为了感谢猫，就拿了一条鱼和一根鱼竿，让猫选择。

猫说："我选鱼！"

人笑了："毕竟是猫不是人呐，如果是人，一般都会选择鱼竿，因为用鱼竿可以钓更多的鱼啊！"

猫听了，有点不高兴。"你告诉我，哪条河里可以钓鱼？能钓鱼的河都要收费吧，不收费的河都被污染了！"

人听了，惭愧地低下了头："你是怎么知道的？上午我去河里钓鱼，发现真的被污染了！"

猫突然意识到了什么："那你的鱼是怎么来的？"

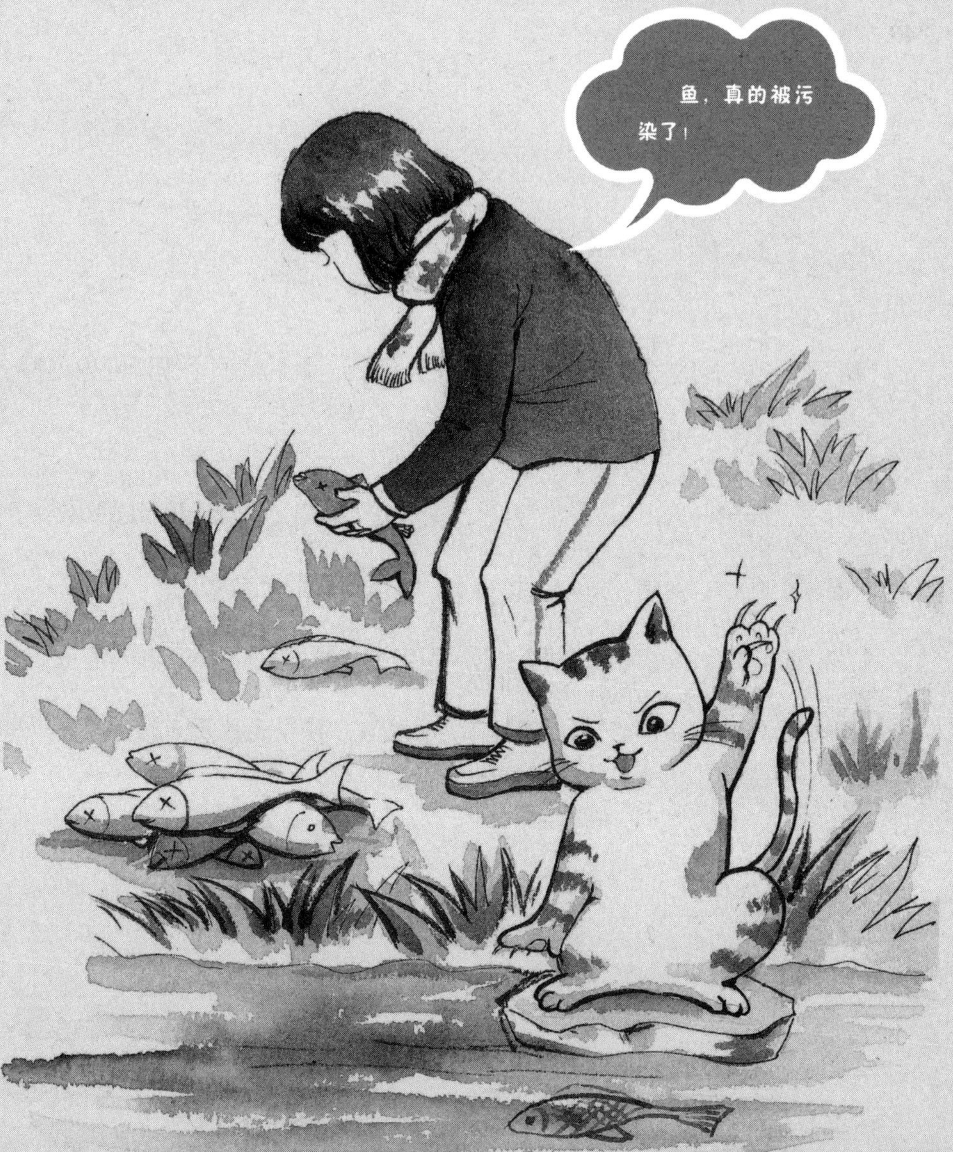
鱼，真的被污染了！

"我不想空手而归,担心别人笑话我不会钓鱼,就把河面上漂浮的死鱼捡了一条!"人的脸"唰"一下就红了。

猫听了,伸出一只爪子说:"算了,鱼我也不要了,把老鼠给我吧!"

人的脸更红了:"唉,好吧,我错了,我本来想把老鼠卖了!"

猫有点疑惑:"卖给谁?是想让别人用老鼠肉冒充其他动物的肉吗?"

人再也不好意思讲下去了,他把老鼠交给猫:"快拿走属于你的东西吧!"

第五十六只猫

CAT

梦游猫

一场猫生一场梦，

梦有多美，

生活就会有多美。

天气晴朗,阳光和煦。在一条羊肠小道上,走来了一只大黄猫。

他的步伐不像往常那样温柔,每一步都像要摔倒似的,而他的嘴里则不时地发出"呼噜,呼噜"的声音。

众所周知,猫习惯白天睡觉,这只大黄猫正在梦游。

路边有一个小摊,一位婆婆正在炒面。大黄猫走过去:"呼噜,呼噜!"

婆婆听到猫的声音,以为猫是在说"糊喽",就赶忙揭开锅,扑鼻而来的油香中略带了一点点糊味儿。婆婆用铲子翻了几下,发现锅底糊了,不过上层的大部分面条都好好的,而且闻上去,香味似乎比平时更加浓厚。

"谢谢你,大黄猫,你让我的炒面变得香喷喷了!"

大黄猫继续往前走,嘴里面的声音也变了,变成了"香喷喷,香喷喷!"

在一个广场前,有一个年轻人正在拉小提琴,拉着拉着,突然憋不住放了个屁。大黄猫恰好从他身边路过,只听大黄猫说:"香喷喷,香喷喷!"

年轻人觉得这猫很有意思，就告诉他："不用这么夸我，应该说真好听！"然后继续拉小提琴了。

大黄猫没有回答，嘴里面开始重复一句话："真好听，真好听！"

前面有个姑娘正在唱歌，大黄猫走到她跟前说道："真好听，真好听！"

那位姑娘开心极了，说："谢谢你，大黄猫，你真漂亮！"

大黄猫没有停下来，继续往前走啊走，不知走了多久，他的面前出现了一只大花猫。

"你真漂亮，你真漂亮！"

大花猫突然听到别人夸赞自己，心里乐开了花。她正想和大黄猫多说几句话，却发现大黄猫已经径直往前走了。

大花猫待在原地犹豫了一会儿，决定跟在大黄猫后面。

大花猫不时地听到大黄猫在重复着那句话："你真漂亮，你真漂亮！"

大黄猫又走了一阵子，走到了桥上。这是一座断桥，一座废弃的桥，沿着这座桥直走，可以直通到河的中央。

　　大黄猫在梦中，哪里知道这些，他的一只脚马上就要踏空了。说时迟，那时快，大花猫一个箭步蹿上前去，一把拉住了大黄猫，将大黄猫拉了回来。与此同时，大黄猫也从梦中醒了过来。

　　大黄猫的嘴里又重复了一次梦里的话："你真漂亮！"

　　"谢谢你，认识你很高兴！"大花猫说。

　　大黄猫和大花猫，你一言，我一语，聊了好久好久。

　　等到太阳落山之后，他们一起去抓老鼠了。

　　渐渐地，大黄猫和大花猫成了好朋友。后来，他们俩准备结婚了。

　　结婚那天，婆婆来给他俩炒菜，年轻人给他俩拉小提琴，姑娘给他俩唱歌。那场面，既喜庆又热闹。

　　后来的后来，大黄猫和大花猫生了一窝小猫咪。

第五十七只猫

捡到一只死耗子的猫

"我在马路边,
捡到一分钱。"

有一只小黑猫正在地上玩耍,突然看到一只耗子,这只耗子一动不动地躺地上。

"谁掉的耗子?"小黑猫将耗子捡起来。

"是你掉的耗子吗?"小黑猫问一只大黄狗。

大黄狗摇了摇头:"我不抓耗子的!"

小黑猫拿着耗子到处跑。"是你掉的吗?"

公鸡大叔见了摇了摇头,母鸡阿姨见了躲得远远的。

"为什么他不自己吃了呢?"

"真是一只小傻猫!"

"别费力气找失主了,自己吃了吧!"

最后,大家都劝小黑猫将耗子留下,自己吃了。

"那么,我真的可以吃掉这只不属于我的耗子吗?"小黑猫依旧不放心。

"吃吧,吃吧,反正也找不到失主的!"

"唉,究竟是谁这么粗心大意呢?我真不好意思去动用别人的东西,我还是等等吧!"小黑猫说。

他把耗子放回了原地,然后蹲在那里等啊等。

这个时候，一个西装革履的人戴着一副橡胶手套走了过来。

小黑猫不认识这个人，赶忙躲了起来。

"现在的猫真聪明，知道这是吃了耗子药的耗子，蹲在旁边只看不吃！话说这耗子药，效果还真不错啊！"说完，他便将死耗子捡了起来，准备扔进垃圾箱。

"原来是他丢的耗子，终于找到失主了！"说完，小黑猫就放心地回家了。

第五十八只猫

CAT
不肯转发谣言的猫

信息爆炸的时代,
谣言的翅膀更硬一些。

尽管猫是老鼠的天敌，但是猫和老鼠一样深受老鼠药的威胁。老鼠吃了老鼠药活不成，猫如果吃了吃过老鼠药的老鼠也很难活命。

猫们的手机里出现了一段谣言："A牌猫粮含有老鼠药，千万别吃。看完赶紧转发，不转不是猫！"

没有一只猫验证消息的真实性，大家纷纷转发。

这谣言很快有了不同的版本。"B牌猫粮含有老鼠药，千万别吃，吃了就中毒。看完赶紧转发，不转不是猫！"

"C牌猫粮含有老鼠药，千万别吃，吃了就中毒。我有一个邻居的舅舅家的孩子就是吃了这个牌子的猫粮中毒的。看完赶紧转发，不转不是猫！"

"D牌猫粮含有老鼠药，千万别吃，吃了就中毒，我有一个邻居的舅舅家

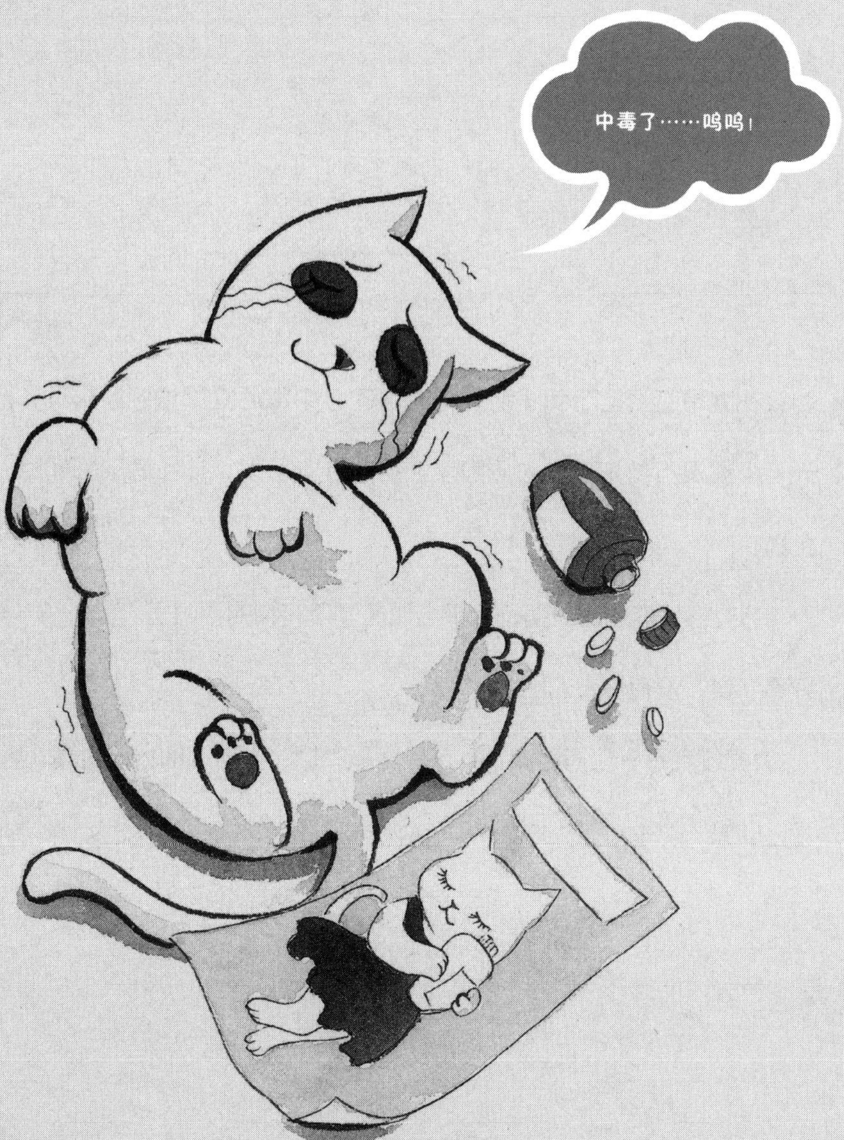
中毒了……呜呜！

的孩子就是吃了这个牌子的猫粮中毒的,中毒后立即送到了医院,抢救了三天三夜都没抢救过来,太危险了。看完赶紧转发,让所有猫都知道,不转不是猫!"

　　这些谣言传播力很强,几乎出现在了所有猫的手机里。但是有一只"猫"只看了看,没有转发。

　　"谁让我是一只熊猫呢!"这只"猫"揉了揉自己的大黑眼圈,自言自语。

第五十九只猫

CAT

评理猫

有时间争论,

还不如做点事情证明自己。

一天傍晚，在丛林里，猫头鹰和蛇发生了争执。

猫头鹰说："我抓到的老鼠多！"

蛇说："我抓到的老鼠更多！"

猫头鹰说："我会飞，飞得快，而且一年三百六十五天我都在抓老鼠，肯定比你抓得多！"

蛇说："我会爬，老鼠逃到哪里我就爬到哪里，肯定比你抓得多！"

猫头鹰摇了摇头："冬天你就冬眠了，整个冬季你都不出来，怎么可能抓得比我多？"

蛇也摇了摇头："老鼠钻进洞里后,你就进不去了,怎么可能抓得比我多？"

两个人一直争论到深夜。这个时候，一只猫经过，他俩便让猫给评理。

"我们从傍晚一直争论到现在，你给评评理吧，你认为谁抓的老鼠更多？"

猫心里笑了笑："这件事情交给人类科学家比较好，我也是抓老鼠的，自己抓的老鼠尚且数不清，又怎能数清别人的呢？"

他想了想问道："你们今天傍晚吃饱了吗？"

"饱了！"猫头鹰和蛇异口同声地回答。

猫指了指头顶的月亮说："现在已经是半夜了，你们不饿吗？"

"饿！"猫头鹰和蛇又异口同声地回答。

"那还不快去抓老鼠！"猫提醒说。

猫头鹰和蛇听了，肚子都开始咕咕响起来，于是争先恐后到丛林里去找老鼠了。

猫看了看四周，用耳朵聆听着周边的动静，也开始认真地抓老鼠了。

第六十只猫

CAT
打黄鼠狼的猫

黄鼠狼真的是以老鼠为主食,
很少去吃鸡的。

夜已经深了,晚风已经停了,月亮从树梢升到了云端,俯瞰着大地。一只黄鼠狼正要往前走,一只大黑猫突然拦住了他的去路。

"站住!"

黄鼠狼很意外,他盯着大黑猫看了两秒钟,才回过神来:"有什么事?"

"你是要去给鸡拜年吗?"大黑猫问。

"这是什么话?"黄鼠狼更加意外。

"我知道你没安好心,想偷吃我家主人养的鸡!"大黑猫说。

"你胡说!"黄鼠狼有些生气。

"人们都在说,黄鼠狼给鸡拜年——没安好心。"大黑猫又说。

黄鼠狼反问说:"人们说啥就是啥吗?人们的话就是真理?天下黄鼠狼

有那么多，真正咬死过鸡的又有几个？"

大黑猫说："反正人们都在说！"

黄鼠狼露出一副愤愤的样子："你可知道，我们黄鼠狼就是受害者，许多人想剥我们的皮毛，故意捏造这个谎言来找茬！"

大黑猫说："为啥没人捏造我们的谎言？"

黄鼠狼仰天苦笑："第一，你是人类的宠物，人类哪里忍心。第二，你虽然侥幸，但老虎可是被害惨了啊，人类说什么老虎全身都是宝！"

大黑猫说："哎，看到没，这就是你和老虎的差距，人在夸奖老虎呀！"

黄鼠狼听了，笑得更厉害了："表面上是夸老虎，实际上不就是要把老虎置于死地吗？"

大黑猫想了想，不知道该如何回答。

黄鼠狼又说："你天天吃主人喂你的饭菜，而我自力更生，自给自足，抓的老鼠比你还多。我这么大的功劳，人们为什么就看不到？"

大黑猫说："废话少说了，我是替主人来收拾你的，不是替你算账的！"

说完，大黑猫就扑了上去，准备给黄鼠狼一点颜色瞧瞧。

第六十一只猫

有情怀却不捉老鼠的猫

为什么一些讲大话、空话的人,

反而成了人们追捧的对象?

每天早上，大黑猫都会给小白猫讲故事，讲的都是一些猫捉老鼠的英雄故事。讲完后，大黑猫说道："孩子，捉老鼠最重要的是要有情怀！"

小白猫不知道是什么情怀，脑子里一片空白。

只听大黑猫继续说："比如，要把灭鼠的责任上升到某个高度，高过珠穆朗玛峰！"

小白猫依然听不懂，因为他没见过也不知道什么是珠穆朗玛峰。

但是，小白猫逢人就这么说，把大黑猫的话变成自己的话，讲得头头是道。人们听了，都觉得这只猫与众不同。

有一天，一位县官发现了这只猫，听了小白猫的一番阔论后，喜出望外，就把小白猫引荐给了前来巡视的钦差大臣。

孩子，捉老鼠最重要的是要有情怀！

钦差大臣听了猫的这番话，也十分惊喜："想不到一只小小的猫，还有这么伟大的情怀，我一定要把他推荐给国王。"

听了钦差大臣的汇报，国王当即召见了小白猫，并把他养在宫中，每天喂他最好的猫粮。当然了，小白猫从来没有捉到过一只老鼠。

第六十二只猫

CAT

不让扯尾巴的猫

有一些提醒,
听起来好像没有道理,
但若违背,
后果会很严重。

老人的规矩就是多。"抱猫的时候，不能抱他的肚子！"

"为什么呀？"宝宝问。

"因为猫的骨头细，抱肚子会扎破他的肚皮！"

宝宝听了就去拽猫的尾巴，这个时候，老人又提醒说："不能拽猫的尾巴！"

"为什么呀？"

"拽猫的尾巴，他就会拉肚子！"老人说。

在一旁的爸爸和妈妈都笑了，只听爸爸说："教育孩子不能把迷信思想掺进去呀！"

老人听了反问说："哪里迷信了？"

"拽猫的尾巴，猫为啥会拉肚子？有什么科学依据吗？"

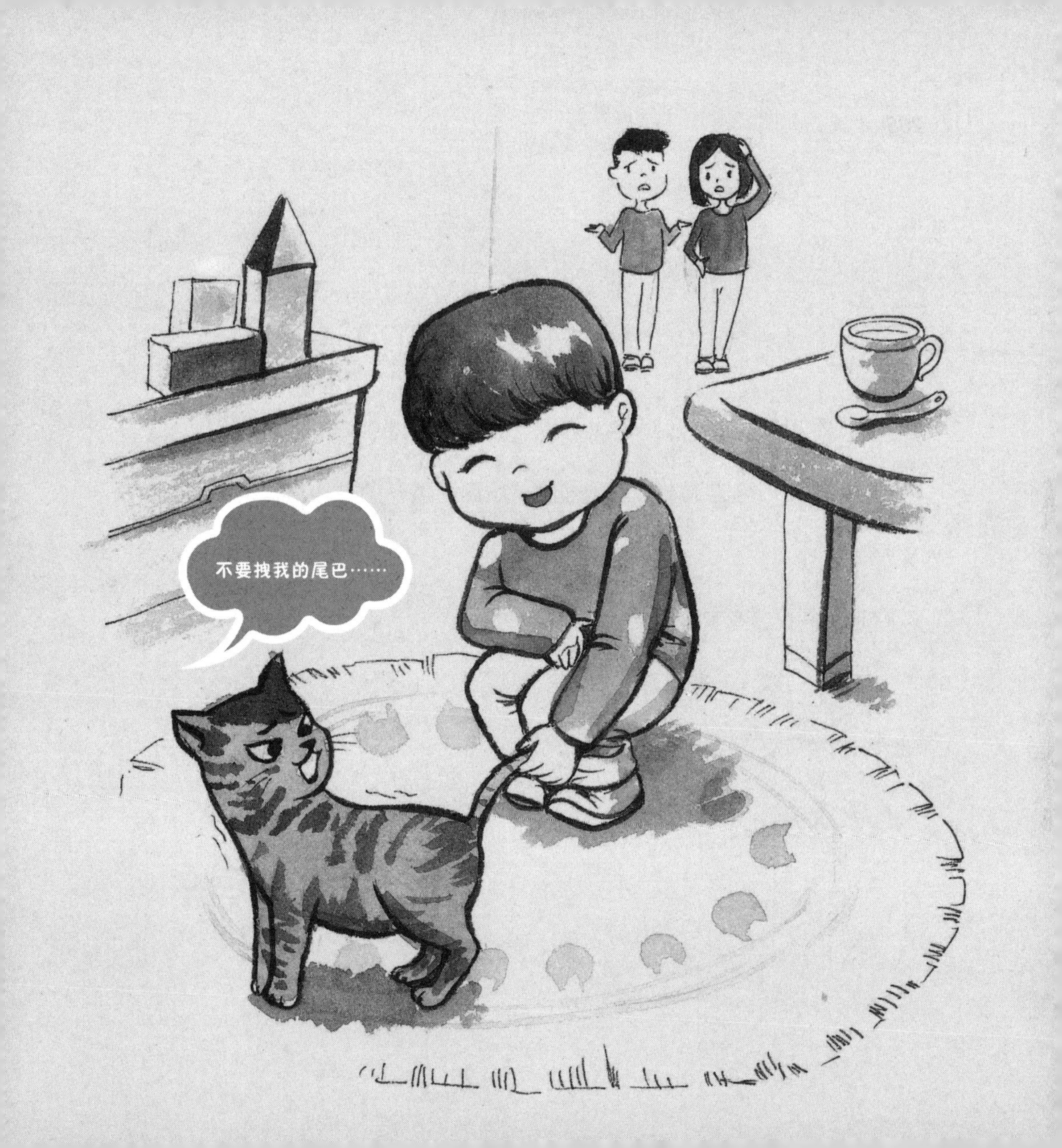
不要拽我的尾巴……

老人不知道该说什么好了。于是，宝宝依旧开心地去拽猫的尾巴。

猫先是疼得喵喵叫，拼命想挣脱，后来突然一个急转身，将宝宝的手咬了一口。

"哇——！"宝宝疼得哭了起来。

看到这一幕，爸爸妈妈都傻眼了。

第六十三只猫

CAT

怨天尤人的猫

对于那些只会怨天尤人的家伙，
连老鼠都会看不起！

在一片小区里，出现了一只老鼠。这只老鼠巧妙地避开了流浪猫的扫荡，进入了一间房屋。

老鼠非常猖狂，从这间屋子搬走了一块饼干，带回了洞，然后又悄悄地沿着刚才的路，回到这间屋子，又搬走了一块饼干。

看着老鼠远去的身影，窗台上两个毛茸茸的家伙发出了感叹。

"唉，现在有些猫真是又懒又笨！"

"是啊，这么大只老鼠从他身边溜过，他都没看见，还躺在地上晒太阳！"

"真是世风日下啊！"

"悲哀啊！"

老鼠走了，又来了。这一次，他终于发现了窗台上的两只猫。

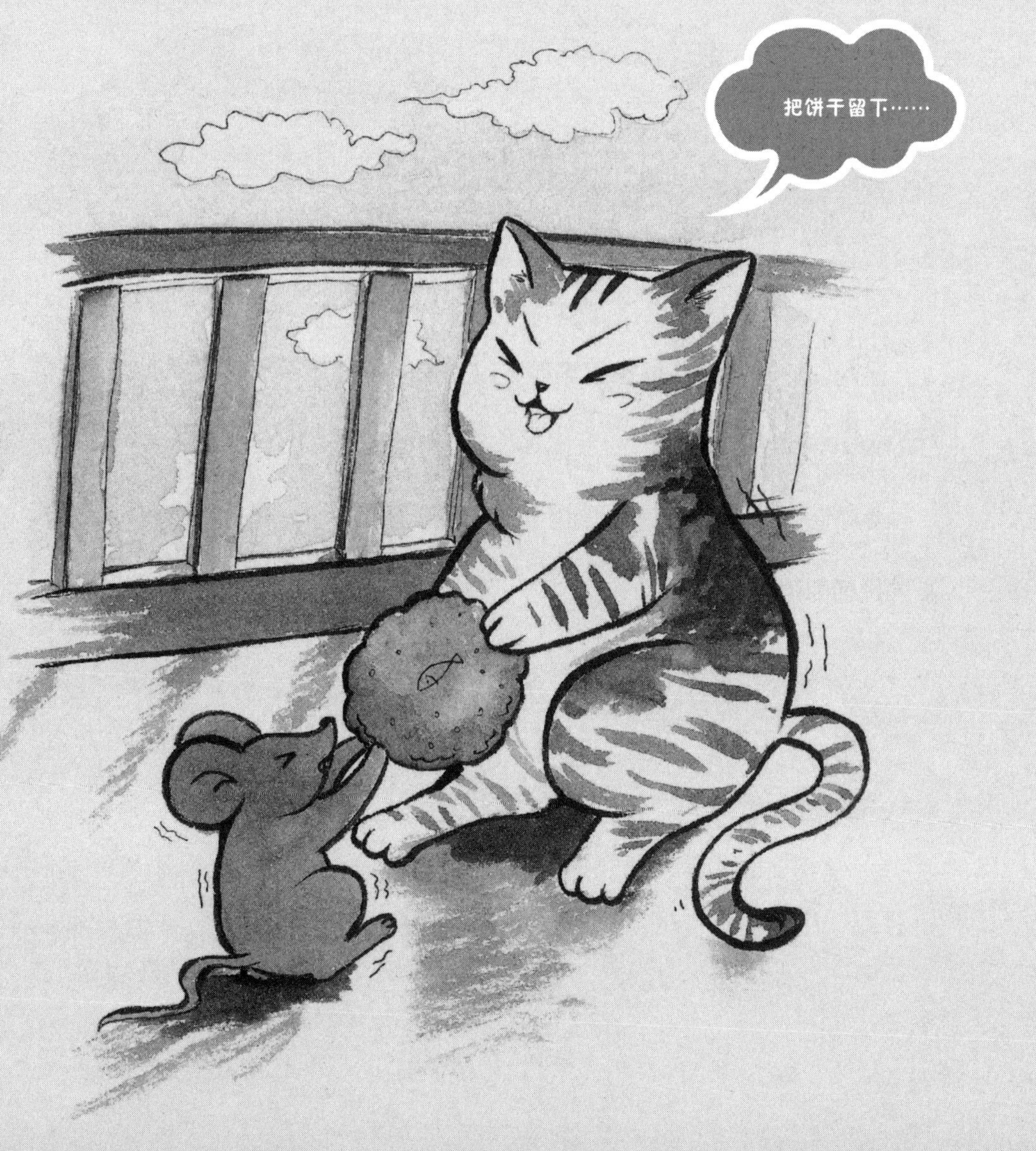
把饼干留下……

这两只猫刚才还在抱怨别的猫不捉老鼠,这会儿看到老鼠接近了,就屏住呼吸,一句话也不说。

老鼠毫不犹豫,立即放下了饼干,抓着窗帘扑了上去,耀武扬威,龇牙裂嘴,把两只猫都赶下了窗台。

第六十四只猫

CAT
老虎装扮的猫

为了拿到更多奖励,
老虎以猫的身份参加比赛,
但老虎注定要输。

猫界要举办武林大会，一只老虎听说后，十分欣喜。

"我以前获得过百兽之王的奖项，得了好多奖品。这次如果获得猫界武林盟主的荣誉，肯定也能拿不少奖励！"

他来到报名处，迫不及待地要参加，并谎称自己是只猫。

报名处的工作人员一看他的身材就起了疑。"你真的是只猫吗？为什么长这么大个？"

老虎一心想参加武林大会，连忙解释说："我胃口好，吃得多，所以长得快！"

老虎报名之后，进入海选，心里乐开了花："哈哈，猫界武林盟主一定是我！"

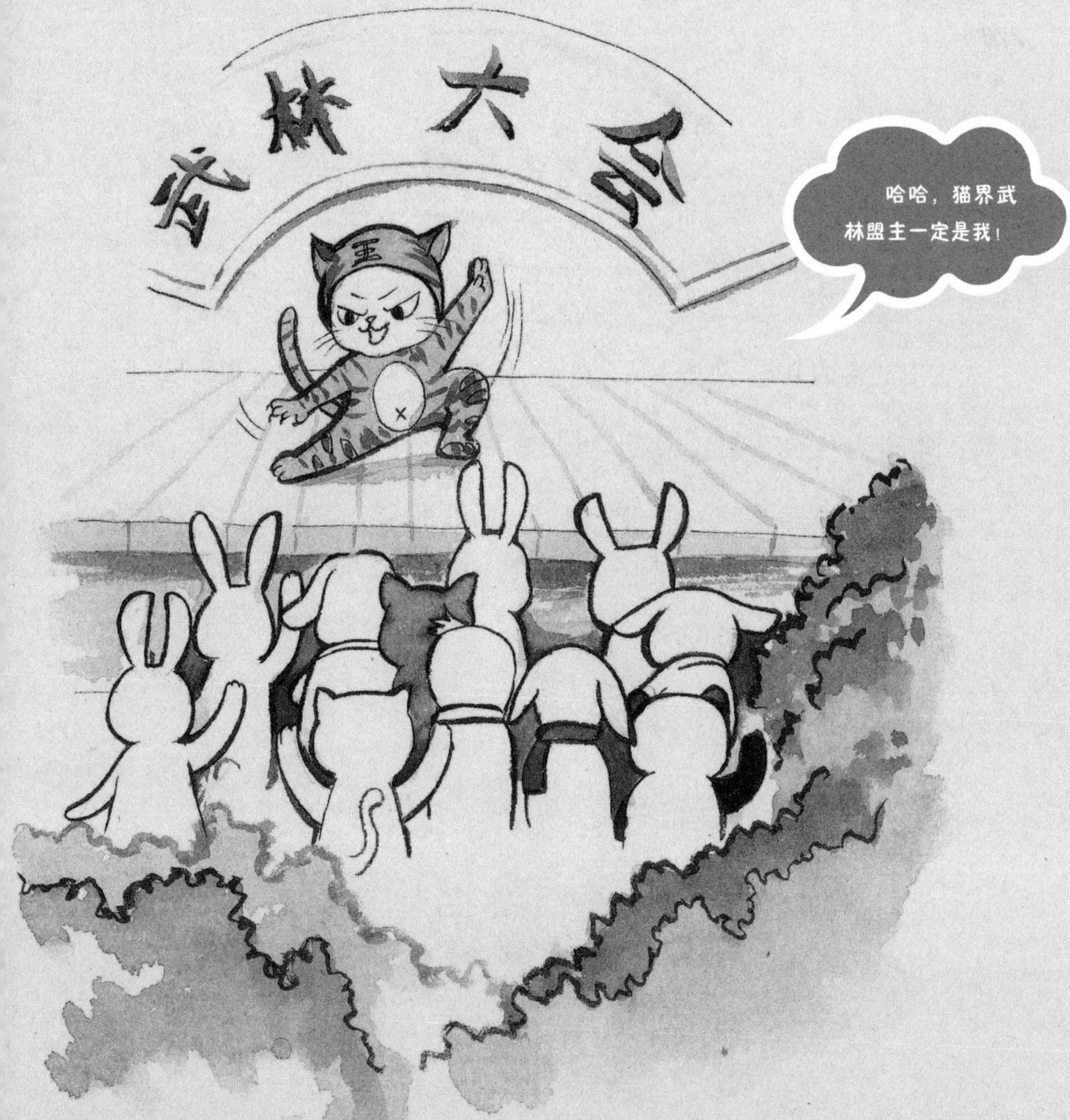
哈哈，猫界武林盟主一定是我！

他刚走进海选会场,就听主持人在台上宣布:"现在进行第一项比赛——爬树,请一到十号选手就位,十到二十号选手做准备!"

老虎是三十六号选手,他一听到主持人的讲话,立马傻了眼,灰溜溜地退出了会场。

第六十五只猫

CAT
招财猫

他要的不是猫,

而是一个储蓄罐。

一只猫想让一位老板收留自己,指着柜台上的猫说:"不要叶公好龙了,那是一只假猫,请你收留我这只真猫吧!"

柜台前的老板摇了摇头:"你是损财猫,它是招财猫。我只想要招财猫,不想要损财猫!"

猫很纳闷:"我哪里损财了,它又怎么招财了?"

老板说:"我这猫虽然不是真正的猫,但它是储蓄罐,能存钱,所以是招财猫。你呢,虽然是真正的猫,但是每天要吃要喝,能花掉我不少钱,所以是损财猫!"

第六十六只猫

CAT
唯一清醒的猫

我差一点就把晚餐准备好了,
你们却被一个酒鬼给弄迷糊了!

几个老鼠耍酒疯，其中一个嚷嚷着要找猫喝酒。猫爸爸看着老鼠，喜出望外，正要扑过去一爪抓住老鼠，却被猫妈妈和三个儿女拦住了。

只听猫妈妈厉声呵斥说："都给你说过多少次了，饮酒误事，不能去喝酒。你怎么还不听，怎么还不听？"

猫爸爸每次想要辩解，都被猫妈妈打断了："懒得听你解释，快回家！"

三个儿女一起努力，协助猫妈妈，强行把猫爸爸拉回了家。

猫爸爸到家后，打开空荡荡的冰箱，问猫妈妈和三个儿女："储备的老鼠早就吃光了，现在你们后悔吗？"

第六十七只猫

CAT
呼唤春天的猫

春天是可以呼唤来的，
一天不行，
就多试几天。

寒风呼呼地吹着，冬天久久不肯离去。

"嗷呜——"一只大黑猫在黑暗的夜里发出了嚎叫。

第一声嚎，青草发芽。

第二声嚎，柳树抽丝。

第三声嚎，桃李花开。

第四声嚎，睡蛙苏醒。

第五声嚎，南燕北归。

天亮了，冬天终于走了，春天终于回来了。

但是，大黑猫也累了，他停止嚎叫，回家睡大觉去了。

第六十八只猫
CAT
痛苦的名贵猫

不要追求所谓的名贵,
那会害了猫。

一只名贵的猫被培育出来了，同时猫咪生而平等的谎言也被打破了。人们把这只猫抬到了至高无上的地位，售价之高超出了人们的想象。

但是，在拍卖会上，富豪们争着抢着要买这只名贵的猫。

这只猫的长相太奇特了，奇特到笔者根本就没见过也没听说过，因此也无法用文字来描述，只能说这只猫全世界独一无二。

然而，这只举世无双的猫听说我在写关于猫的故事，就在梦里央求我把他写进去。

"我虽然名贵，但并不健康，我的生活很苦恼！"

"为什么？"

"他们为了培育出稀有的猫，不惜让猫近亲繁殖。我听说你们人类都禁止

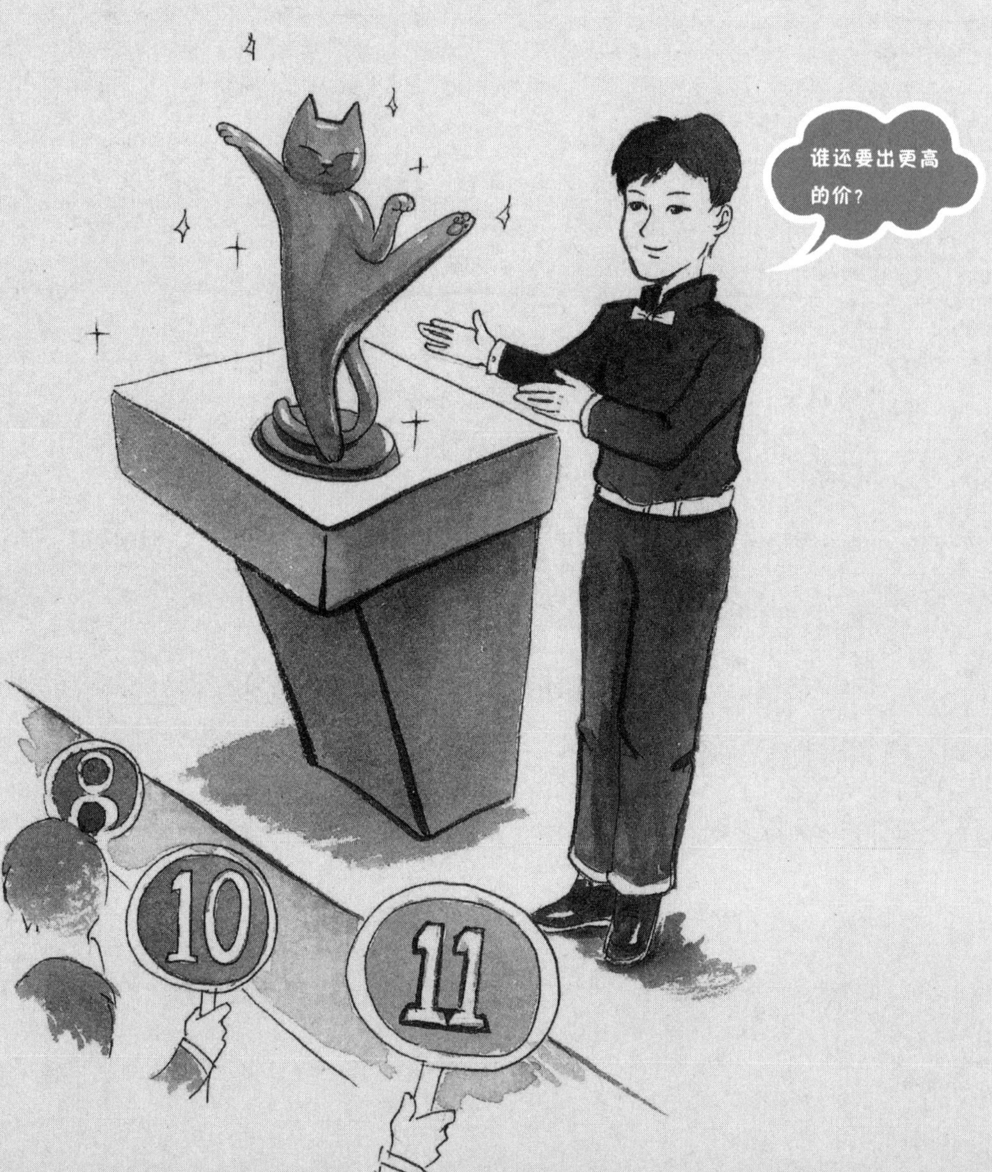
谁还要出更高的价？

近亲结婚了,为什么还要让猫们近亲繁殖呢?"

"这……"

"我很痛苦,我有很多遗传病,每天都觉得自己要死掉了,但是第二天发现自己仍然活着!"

也许不是所有的名贵猫都痛苦,但我知道,有一部分名贵猫真的很痛苦!

第六十九只猫

CAT
无聊猫

闲时无聊,
有工作就不无聊了。

秋风萧瑟，落叶满地，一只虎斑猫在路上东走走，西转转。

"无聊呀，无聊！"虎斑猫忍不住自言自语。

这个时候，有一片巴掌大的落叶突然动了一下，这轻微的异常引起了虎斑猫的注意。他屏住呼吸，盯住落叶。

落叶突然发出了声音："无聊呀，无聊！"

紧接着，从落叶底下露出了一个小脑袋。天啊，是一只小老鼠！

虎斑猫立即蹿了过去，将小老鼠按在地上。

小老鼠觉得很委屈，连连解释说："你不是也无聊吗？我们志同道合，怎么能抓我呢？"

虎斑猫笑了："我无聊是因为工作没有成效，但是我的工作就是抓你呀，我抓到你就不无聊了！"

第七十只猫

CAT
未断奶的小猫

每一个生命都历尽艰辛,
请务必珍视!

这差不多是二十年前的事了,那年我八岁左右。一天,我放学回家,刚走进奶奶的屋子,就看到一个被红布蒙着的提篮。

我很好奇,就走过去,伸手掀开了红布。真是一个惊喜!

两只酣睡的小猫出现在我眼前,我高兴坏了。"莫非,我能养猫了?"

几分钟后,奶奶告诉了我一个令人痛心的消息。邻居家的母猫死了,剩下了六只没断奶的小猫。邻居把这两只送给我家,看我家能不能养活。

"我这里有奶粉,还有注射器。另外,气门芯上套着的胶管你知道吗?我给你钱,你去买一条。把注射器针头取掉,套上胶管,一点点把奶水推到猫嘴里,就能把它们养活了!"

奶奶还说,我的表叔就曾用这种办法喂大过一只没断奶的猫。这让我信心十足。我立即约小伙伴一起到街上买回了胶管。

给不到十天大的猫喂奶绝不是一件容易的事。我特别担心冲的奶太烫，不得不反复用嘴吹。用针管推奶水的时候更是小心翼翼。我还需要另准备一块布，随时给小猫擦嘴巴。

我看到过小猫挤在猫妈妈怀里吃奶的场景。虽然几只猫互相挤压，争抢奶水，但是怎么看怎么可爱，怎么看怎么幸福。

眼前的两只小猫，虽然由我和奶奶轮流喂奶，可是他们吧嗒着嘴巴，吞咽着我从针管里挤出来的奶水的场面，怎么看都让人心寒。

提篮的底部垫有棉套，我看着它俩挺着肚子躺在上面，祈祷它们快快长大。

有一天，它们都拉屎了，奶奶和我都很高兴。我们都觉得，只要它们能吃喝拉撒，就一定能活下来。

一天夜里,我听到提篮里有动静,那只偏大一些的小黄猫在叫。

"是怕冷吗?"我毫不犹豫地把他抱到了我的床上,塞进我的被窝里。

我把它放在我的胳膊上,希望它能够赶快入眠,但是,它好像十分活跃,在我的胳膊上爬上爬下,怎么都不肯睡觉。

我心里很高兴,这说明它有足够的力量。

但是,又过了两天,我刚一回家,就发现偏小一些的花猫已经不会动了。

我不愿相信这个事实,盯着它看了一分钟又一分钟。我真希望它的肚子能一起一伏,表现出呼吸的迹象来,但是它真的没有动弹了,身体也是冰凉冰凉的。作为一个小孩子,号啕大哭应该并不丢人,但号啕大哭的孩子未必真的伤心,可能只是淘气。与此相反,当时的我偷偷地流泪,悄悄地擦眼泪,我是真的伤心!

第二天,我再次默默地哭了起来,奇迹并没有出现。

第七十一只猫

CAT

黏狗猫

猫和狗之间,
尚且可以建立深情厚谊,
更何况人与动物!

猫和狗和谐相处，并不稀奇，但是我家有两对母猫母狗，她们格外亲密。

先说第一对，猫刚满月时就来到我家，当时狗还在哺乳期，猫看着奶水眼馋，竟钻到母狗怀抱里吃起了奶。

后来猫长大了，无论狗走到哪里，她都要跟着。她们俩时时刻刻都在一起，即使遇到危险也不抛弃对方。

有一次，我家的狗和别的狗发生了争执，正在狂吠，还没等咬起来，我家的猫就挥舞着利爪冲了上去，把另一只狗吓跑了。

没错，的的确确是吓跑了。猫弓着身子，竖着毛，发出"嚇嚇"的声音，连人看了也会害怕的吧!

狗也不容许别的猫接近我家的猫。只要她看到别的猫一靠近我家的院门,就会立刻冲过去,把猫轰走。

尽管这一对好朋友不容许别的猫狗接近对方,但是她们还是都怀孕并生下了一窝又一窝小猫小狗。

这对猫狗,我们养了很多年。直到有一天,狗由于年龄过大而去世,剩下猫"孤身一猫"。

当这只猫又生了一窝猫之后,就从我家消失了。谁也说不清她是因为年龄过大而离开的，还是因为过度怀念狗狗而离开的。

在这窝小猫里面，我家留下了一只，其余的送人了。留下的这一只，和我家的一只吉娃娃成了另一对亲密无间的伙伴。

到底有多亲密？一句话，吉娃娃不仅让这只小猫吃自己的奶水，还给她舔屁屁呢！

第七十二只猫

把狗赶走的猫

只要有主人为猫撑腰,
猫什么事都做得出来。

一天，我突然听到了一阵"嚇嚇"的声音，赶忙走到院门旁，这才发现我家的猫竖着毛，弓着身子，正和一只狗对峙。

接下来的一幕让我笑翻了。猫意识到作为援军的我来了，竟然主动向狗发起了进攻，一步步逼近狗。

狗本来是出于好奇，一直盯着它看，现在看它要冲过来，回头就跑。

当猫把狗追到了邻居家院门口时，狗一转身，准备反扑了。没错，它就是邻居家的狗，到了自己的地盘，胆子立即变大了。

我家的猫见状，赶忙跑了回来，跑到我身边。我把它抱起来，抚摸着它的背，走进了院子。

"之前以为只有狗仗人势，原来也有猫仗人势！"